H. D. Walden   Ein Stadtmensch im Wald

H. D. Walden

EIN STADTMENSCH IM WALD

Galiani Berlin

Verlag Kiepenheuer & Witsch, FSC® N001512

2. Auflage 2021

Verlag Galiani Berlin
© 2021, Verlag Kiepenheuer & Witsch, Köln
Alle Rechte vorbehalten
Covergestaltung Manja Hellpap und Lisa Neuhalfen, Berlin
Lektorat Esther Kormann
Illustrationen Elisa Rodriguez Scasso
Gesetzt aus der PS Fournier
Satz Buch-Werkstatt GmbH, Bad Aibling
Druck und Bindung GGP Media GmbH, Pößneck
ISBN 978-3-86971-242-0

Für Birgit

Was würden die Tiere und ich
nur ohne sie machen!

ERSTER TEIL

Als die Seuche ausbrach, zog ich mich ins *Ruppiner Wald- und Seengebiet* zurück. Es ist eine Gegend voll stiller Vergangenheit, die sich weniger an historischen Baudenkmälern zeigt als an der Weite des Landes, durch das lange Alleen von ehrwürdigen Bäumen führen. Die einst – und nicht nur einmal – verwüsteten Landstriche hatte Kurfürst Friedrich Wilhelm nach dem Dreißigjährigen Krieg mit Kolonisten aus der Schweiz *peubliert*. Deren Nachfahren leben heute in idyllischen Straßendörfern und verkaufen Eier an die vorbeifahrenden Touristen aus Berlin, die ihnen an Freundlichkeit nicht das Wasser reichen können. Weite, hügelige Äcker, deren Trockenheit portugiesische Ausmaße angenommen hat, und poetische Wälder prägen die Landschaft, in der man beim Wandern über Stunden keinem Menschen begegnet, was während einer Epidemie ein sorgloses Durchatmen erlaubt. In den Nächten spannt sich über die von strohgelbem, durstigem Gras bewachsenen Weiden ein grandioser Sternenhimmel, der in die Tiefe des Universums blicken lässt oder ließe, wenn es nachts wegen der sandigen Böden nicht fast immer saukalt wäre.

In diesem Land besitzt meine Freundin eine Hütte, eine sogenannte Datsche, die inmitten des eigentlichen Herrschers dieser Gegend steht: des großen Waldes. Er erstreckt sich von Oranienburg im Süden und Gransee im Westen über hundert Kilometer weit nach Norden und Osten. Abseits der Wege ist er stellenweise unzugänglich wegen der umgestürzten Bäume und des dichten Gestrüpps, nachts bekäme man ernsthafte Probleme, ins nächste Dorf zu finden. Doch kein Mensch ist hier nachts unterwegs.

Nachts hockte ich in der Hütte, und da es draußen absolut dunkel war, wurden die Fenster zu Spiegeln, in denen ich einen Mann sah, der mit einer lilafarbenen Wolldecke über den Schultern vor dem Gasheizer saß und mich angaffte. Es war völlig still bis auf das gelegentliche Fensterklopfen von Insekten, die mit der Erfindung des Glases haderten wie gewisse Menschen mit der Existenz von Impfstoffen. Meine Freundin ist übrigens Krankenschwester, sie musste sich in der Stadt um Leute kümmern, denen die Flucht aufs Land nicht gelungen war. Ich war also mit dem Kerl im Fenster allein. In der zweiten Nacht beschloss ich, mir *Outbreak – Lautlose Killer* mit Dustin Hoffman anzuschauen, um herauszufinden, wie dieser Seuchenfilm unter den veränderten Umständen auf mich wirkte. Doch während Dustin Hoffman im Labor das *Motaba-Virus* entdeckte, das durch eine Aerosolbombe des US-Militärs in die Welt gesetzt worden war, hörte ich über mir Geräusche, die unmöglich von der Aerosolbombe stammen konnten. Es klang eher nach einer Ratte, die zwischen Dach und Decke unablässig hin und her rannte wie meine Freundin auf der Notfallstation des Krankenhauses.

Meine Freundin hatte mich um drei Dinge gebeten:
a) Bitte verscheuch das Reh, wenn du es siehst.
   Es frisst die Rosenknospen.
b) Bitte füttere die Vögel mit dem Futter aus dem
   Plastikeimer im Geräteschuppen.
c) Leg Schinken für den räudigen Fuchs unter die
   Steineiche, beträufle den Schinken mit zehn
   Tropfen Steidlöl.

Nichts davon hatte ich bisher gemacht. Vögel, Rehe und Füchse waren für mich putzige Geschöpfe, auf die ich mich aber nicht näher einlassen wollte. Sie interessierten mich einfach nicht richtig. Deswegen konnte ich eine Kohlmeise nicht von irgendeiner Gold- oder Buntmeise oder wie sie alle hießen unterscheiden. Die einzigen Vögel, deren Namen ich kannte, waren Spatzen, Raben oder Krähen (den Unterschied kannte ich nicht), Hühner, Enten, Amseln, Gänse.

Wenn ich ein Reh sah, wusste ich nicht, ob das ein weiblicher Hirsch war. Einen Fuchs hätte ich als Fuchs erkannt. Aber wie ein Marder aussah, wusste ich nicht. Auch von Waschbären hatte ich nur undeutliche Vorstellungen. Einen Biber hätte ich erkannt. Aber ganz bestimmt hätte ich einen Fischmarder für einen Biber gehalten. Ich wusste, wie Frösche aussahen, aber nicht, ob es ein Grasfrosch oder Ochsenfrosch oder eventuell ein entlaufener Giftfrosch war. Einen Igel hätte ich auch noch ohne Tierbestimmungs-App erkannt. Aber damit waren meine Kenntnisse über die Natur bereits erschöpft. Ich wusste nicht mal, wie eine Linde aussah, kannte nur Steineichen (weil die schönste aller Steineichen vor der Hütte stand), Birken und Buchen. Robinien hielt ich ganz am Anfang noch für Espen, weil ihre Blätter wie Espenlaub zitterten. Aber ich hatte keine Ahnung, wie eine Espe überhaupt aussah und ob das, was ich für eine Espe hielt, nicht in Wirklichkeit eine Erle oder Ulme war. Kurz gesagt: Ich war mehr oder weniger naturblind. Und ich verband Natur, wenn es um Tiere ging, mit Zeckenbefall und Verwurmung. Meiner Meinung nach liefen Tiere oft mit offenen Wunden herum, an denen sie auch noch rumleckten. Ein einziger Vogel schiss mehr Bakterien und Viren vom Himmel als das US-Militär: »Wenn Vogelkot dich ins Auge trifft, kannst du erblinden«, las ich mal im Internet.

Nun gut, meiner Freundin zuliebe nahm ich mir trotzdem vor, den räudigen Fuchs irgendwann mal mit Steidlöl zu heilen und die Vögel irgendwann mal zu füttern. Aber mein Interesse galt vorerst allein der Ratte.

Am nächsten Tag regnete es, wie es in sandigen Gebieten regnet: als müsste man den Wolken jedes einzelne Tröpfchen abkaufen. Die Laubbäume des großen Waldes bekamen mehr Wind als Nässe und rauschten vor Durst. Die Birken waren am schlimmsten dran, jeden Tag kippte eine von ihnen um. Hohe Mortalitätsrate sozusagen. Ich inspizierte auf der Leiter das Dach, um das Einfallstor der Ratten zu lokalisieren und zu verstopfen. Die metallenen Seitenstreben der Pergola waren ideal, um auf ihnen in den Dachraum zu gelangen, deshalb observierte ich das Gestänge. Und dort kletterte eine Maus herum. Die vermeintliche Ratte war eine Maus. Wie konnte es sein, dass ein fast gewichtsloses Tierchen nachts im Dach einen Lärm machte, als wäre es eine fette Ratte?

Als ich es meiner Freundin am Telefon erzählte, sagte sie: »Tiere klingen nachts doppelt so laut, wie sie groß sind.« Ich erzählte ihr, die Maus habe sich von meinem »Huh!« und »Hau ab!« überhaupt nicht beeindrucken lassen. Sie sei erst geflüchtet, als ich einen

Gummistiefel nach ihr geworfen hätte. Meine Freundin sagte, die meisten im Ruppiner Waldgebiet lebenden Tiere sähen in ihrem kurzen Leben nie einen Menschen. Sie wissen nicht, wo sie uns einordnen sollen. Sie begegnen vielen Kühen, und da Kühe groß, langsam und harmlos sind, halten sie Menschen für Kühe. So die Theorie meiner Freundin. Mir war am Vortag schon aufgefallen, dass eine Amsel, als ich mit dem Gartenschlauch die Blumenbeete meiner Freundin wässerte, mir ungewöhnlich nahe kam, sie hielt nicht den *Social-Distancing*-Abstand von anderthalb Metern ein. In der Stadt war mir noch nie eine Amsel so nahe gekommen. Vielleicht hielt diese Amsel mich tatsächlich für eine Kuh, die auf eine sehr komplizierte Art pisste, nämlich indem sie sich auf die Hinterbeine stellte und den Strahl zwischen den Vorderbeinen hindurch in hohem Bogen in ein Blumenbeet lenkte.

Um den Vögeln zu zeigen, dass ich ein bisschen mehr draufhatte als eine Kuh, begann ich mit der Fütterung. Die Speisekarte erstellte meine zoophile Freundin am Telefon: Mehlwürmer, zerstoßene Haselnüsse, Sonnenblumenkerne, Meisenknödel mit Kokosfett, Rosinen von *Alnatura*. Die Meisenknödel hängte ich an die Glyzinienäste, die sich um die Pergolastangen rankten, es sah aus wie der Christbaum eines Ornithologen. Das übrige Futter legte ich auf einem Marmortischchen aus, und danach setzte ich mich in fünf Metern Abstand in einen Korbstuhl und wartete auf die Vögel. Ich hatte alle Zeit der Welt, die Vögel aber auch. Sie ließen sich zunächst im Geäst der Steineiche nieder und beäugten von dort aus das Futter. Sie erinnerten mich an Touristen in einem griechischen Ferienort, die sich abends vor den Restaurants die vergilbten Fotos von Souflakispießen anschauen. Aber solche Vergleiche hinken, denn die Vögel zögerten nicht, weil sie wählerisch oder gelangweilt waren. Sie wussten, wo Futter ist, lauern meistens Feinde, und damit war nicht die Kuh gemeint, die in der Nähe des Futters in einem Korbstuhl saß. Sie beobachteten erst mal, ob es Anzeichen für die Anwesenheit von Mardern, Füchsen, Bussarden gab. Da ich mich durch die Seuche durchaus vom Tod bedroht fühlte, bekam ich zum ersten Mal eine Ahnung von der Lebenswelt dieser Vögel. Für sie war der Tod zu jeder Stunde eine noch sehr viel konkretere Gefahr als für mich das Virus. Bei allem, was sie taten, ging es ums Überleben, und ihre Mittel zur Prävention waren limitiert, nur eine geradezu kunstfertige Vorsichtigkeit stand ihnen zur Verfügung, um sich zu schützen.

Erst nach Stunden wagte sich ein erster Vogel auf das Marmortischchen. Da die anderen sahen, dass er lebend und mit einem Schnabel voll Futter wieder wegflog, gaben auch sie sich einen Ruck. Zunächst waren sie für mich alle einfach Vögel, wie wenn man zum ersten Mal nach China reist und gegen den Eindruck ankämpfen muss, dass alle sehr ähnlich aussehen. Aber nach zwei, drei Tagen fiel mir ein Muster auf in der Abfolge, in der die Vögel zum Fressen anflogen. Ich notierte die Beobachtungen:

a) Es kommt meistens zuerst einer der kleinen mit der schwarzen Gefiederkappe auf dem Kopf. Danach kommt einer von denen, die kopfüber an der Glyzinienranke zum Tischchen hinuntersteigen. Dann kommen die Kohlmeisen.

b) Die Kohlmeisen kommen immer zu zweit. Aber sie fressen nie gleichzeitig. Überhaupt fressen nie zwei Vögel gleichzeitig. (Maßnahme zum Schutz vor Corona? Haha.)

c) Kohlmeisen und Amseln sind die einzigen Vögel, die ich mit Namen kenne.

Um das zu ändern, lud ich mir die App *Zwitschomat* auf mein Handy. Man zeichnet Vogelstimmen auf, und die App bestimmt die Vogelart. So lernte ich, dass die kleinen mit der schwarzen Kappe Mönchsgrasmücken hießen. Die Kopfüberläufer hießen Kleiber. Die dicken, langsamen mit den kurzen Schnäbeln hießen Dompfaffen. Als ich die Vögel benennen konnte, führte das sonderbarerweise dazu, dass ich sie als Individuen wahrnahm. Dies war der Moment

meines persönlichen *Shutdowns*. Von nun an widmete ich mich ausschließlich der Vogelbeobachtung und notierte meine laienhaften Erkenntnisse auf liniertes Papier, um das Ganze nach Arbeit aussehen zu lassen:

a) *Es sind nicht irgendwelche Kohlmeisen, Kleiber oder Mönchsgrasmücken. Sondern es sind sozusagen Fritz, Helena und Peter. Es kommen immer dieselben Vögel, immer Fritz, Helena und Peter. Sie besitzen unterschiedliche Charakterzüge, ob aufgrund der Zugehörigkeit zu ihrer Art oder als Einzelwesen, kann ich nicht beurteilen.*

b) *Die Mönchsgrasmücke ist ein Draufgänger. Typus Tom Cruise in* Mission: Impossible. *Frisst noch weiter, wenn ich eine Armlänge entfernt neben ihm stehe. Er vertraut ganz auf seine Wendigkeit und Schnelligkeit. Denkt: »Selbst wenn die Kuh versuchen würde, mich zu erwischen – einen wie mich erwischt die nie!«*

c) *Das pure Gegenteil von ihm: die Dompfaffen. Herr und Frau. Kommen immer zu zweit zum Futterplatz. Typus Ehepaar in der Datschenkolonie Sonnenschein. Denken: »Das ist unser Futter. Wenn wir könnten, würden wir einen Zaun drum herumbauen und einen Gartenzwerg reinstellen. Aber einen ironischen mit einem T-Shirt, auf dem* Spießer? Na und! *steht.« Diese beiden bauchigen, halslosen Vögel vermeiden*

jede unnötige Bewegung. Haben sich eindeutig
zum Ziel gesetzt, ihren Beitrag zur evolutionären
Weiterentwicklung der Dompfaffen zu einer
Schildkrötenart zu leisten.

d) *Meine Lieblinge: die zwei Kleiber. Mann/Frau?*
   Eher wohl zwei Männchen, die keine abgekriegt
   haben. Fressen den ganzen Tag wie die Irren.
   Habe bei Wikipedia gelernt: Vögel können nicht
   fett werden. Ein Überangebot an Nahrung
   verstärkt einfach ihren Bewegungsdrang. Ist
   bei den beiden unübersehbar: im Grunde
   Kokainisten. Typus Speedy Gonzales. Je mehr sie
   fressen, desto überdrehter werden ihre An- und
   Wegflüge. Mittags von den vielen Haselnüssen
   schon so aufgeputscht, dass sie mit ihren Flügeln
   die Glyzinientriebe abrasieren, wenn sie sich
   einen weiteren Schnabel voll Stoff holen. Muss
   aufpassen, dass die mir nicht eines Tages ins
   Gesicht fliegen.

e) *Unglaublich, wie viel die alle fressen! Habe sie*
   umgetauft in Mönchswanstmücke, Ranzenkleiber,
   Vollfettmeise.

Die Kohl- und Blaumeisen hängten sich am liebsten an die Meisenknödel. Aber irgendetwas konnte nicht stimmen. Morgens waren die Knödel stets verschwunden. Meisen fressen aber nachts nicht, vor allem klauen sie nicht auch die Metallspirale, in der die Knödel stecken. »Vermutlich ein Waschbär«, sagte meine Freundin am Telefon, aber sie hatte andere Sorgen. Sie sagte, das Virus sei beunruhigend unberechenbar. Der Zustand mancher Patienten kippe von einem Tag auf den anderen, während andere sich schnell wieder erholten. Und nicht immer könne man es auf das Alter oder Vorerkrankungen zurückführen. Zwei Kollegen auf ihrer Station hätten sich angesteckt. Das bedeutete: Unser geplantes Wochenende zu zweit in der Hütte fiel aus. Die Bäume rauschten mächtig im Wind, Regentröpfchen stoben umher, ich zündete die Flamme des Gasheizers an und hatte absolut keine Ahnung, wie ich eine weitere Nacht allein hier überstehen sollte. Ich las einige Seiten aus *Die Pest* von Albert Camus, aber was sollte das? Intellektuelle Bewältigung der Krise? Es gab nichts zu bewältigen, kein tieferer Sinn wartete auf seine Entdeckung. Was gab es auf Netflix? Auch nichts, das mir in irgendeiner Weise sinnvoll vorkam.

Aus diesem Depressionsloch holte mich der Waschbär heraus. Die sinnvollste Beschäftigung war doch im Moment, so schien mir, der Versuch, die Meisenknödel vor seinem Zugriff zu schützen. Es gab klare Verhältnisse: Die legitimen Besitzer der Knödel waren die Meisen. Die Meisenfrauen brüteten jetzt doch bestimmt und benötigten Proteine. Es ging hier um das Wohlergehen zukünftiger Kohl- und

18

Blaumeisennestlinge. Der zukünftigen Kinder *mei-ner* Meisen, die ich seit Tagen beim Fressen beobachtete. Ich will meine Beziehung zu diesen Vögeln nicht romantisieren, aber es kam eben hin und wieder sogar zu bewegenden Momenten, von denen ich einen in meinem Notizbuch festhielt:

Bin vorhin vor die Hütte getreten, als einer der Kleiber gerade auf dem Marmortischchen fraß. Ich redete mit ihm, sagte, na, alter Kokser, stopfst du dich wieder voll, eines Tages wirst du mir ins Gesicht fliegen. Ich redete nur aus Spaß mit ihm, nie hätte ich gedacht, dass er horcht. Aber es war deutlich zu sehen: Er horchte. Er hatte aufgehört zu fressen und saß mit zur Seite geneigtem Kopf bewegungslos da. Die Kleiber sind üblicherweise permanent in Bewegung, aber jetzt verharrte er regungslos. Ich sang die erste Strophe von Blowing In The Wind, *und er drehte den Kopf auf die andere Seite und horchte. Er hörte meinem Singen zu!*

Der Waschbär kam um zwei Uhr nachts. Durchs Fenster beobachtete ich, wie er auf meinen Korbstuhl kletterte und von dort auf das Marmortischchen. Vom Tischchen aus konnte er bequem nach den herunterhängenden Metallspiralen mit den Meisenknödeln greifen. Zur Sicherheit schaute ich im Internet nach, ob es auch wirklich ein Waschbär war. Die Fotos auf *www.nabu.de* sahen genauso aus wie das Tier draußen vor der Hütte, das mir meine Meisenknödel klaute. Definitiv ein *Procyon lotor.* Ich vertrieb ihn mit lauten Rufen.

Aber am nächsten Morgen fand ich die aufgebrochene Metallspirale in den Clematis-Sträuchern: Wie hatte er die nur aufgekriegt? Im Internet las ich, dass die Fallzahlen in den USA unaufhörlich stiegen, und in Italien hatte ein Krankenpfleger seine Freundin erwürgt, weil er glaubte, sie habe ihn angesteckt. Doch ich war vor allem an Hintergrundwissen über Waschbären interessiert. In einer Dokumentation auf YouTube erzählte ein Verhaltensforscher, es sei sehr schwierig, die GPS-Halsbänder, mit denen er Waschbären tracke, so zu befestigen, dass die Waschbären die Schnallen nicht lösen. Waschbären seien unglaublich fingerfertig und bei Problemlösungen zu abstrakten Überlegungen fähig.

Vor Einbruch der Nacht rückte ich das Marmortischchen und den Korbstuhl von den Meisenknödeln so weit weg, dass der Waschbär keine Möglichkeit mehr hatte, an sie ranzukommen. Dann trank ich eine Menge Kaffee, um wach zu bleiben. Zwei Stunden nach Mitternacht erschien der Waschbär wieder, ich freute mich schon auf sein dummes Gesicht, wenn er merkte, dass der Korbstuhl weg war. Aber er hatte sofort eine Idee. Er kletterte am Gestänge der Pergola hoch, balancierte auf den Querstreben zu der Stelle, wo der Meisenknödel an einer Schnur befestigt war, und dann zog er den Knödel einfach an der Schnur zu sich hoch. Es ist eine sonderbare Erfahrung, von einem Tier ausgetrickst zu werden. Das ist man nicht gewöhnt. Man lebt als Mensch im Bewusstsein, den Tieren stets einen Schritt voraus zu sein, weil man fast unanständig viel intelligenter ist als sie. Aber warum war ich eigentlich hier, in dieser Hütte im Ruppiner Wald? Eigentlich doch, weil ein Wesen, das noch nicht einmal über die Intelligenz einer Laus verfügte, in der Lage war, mein Leben zu verändern. Ein geistloses Häufchen DNA diktierte mir, wie ich meine Tage zu verbringen hatte – ohne das Virus hätte ich niemals Psychogramme von Kleibern und Dompfaffen erstellt und zusätzlich zum *Social Distancing* auch ein *Intellectual Downgrading* betrieben. Und nun wurde ich auch noch von einem dahergelaufenen Waschbären überlistet!

Um die sozusagen gottgewollte Ordnung der Natur wiederherzustellen, in der ein Virus und ein Waschbär sich gefälligst dem Menschen unterzuordnen haben, band ich am nächsten Morgen um die Pergola mehrere Reihen von Schnüren, an die ich leere, mit Steinchen gefüllte Cola- und Bierdosen hängte. Ich schrieb in mein Notizbuch:

Wir wollen nun sehen, ob der pelzige Einstein einen abstrakten Lösungsweg für das Problem findet, dass er beim Hochklettern einen Höllenlärm macht, der ihn erschrecken und vertreiben wird!

Als ich es am Telefon meiner Freundin erzählte, sagte sie: »Fahr doch heute nach Rheinsberg. Ich glaube, du musst wieder mal unter Menschen.« Unter Menschen! Wieso sollte ich unter Menschen wollen, die zwei Meter Abstand zu mir halten und einen zur Schutzmaske umgebauten Kaffeefilter im Gesicht tragen? Meine Freundin verstand nicht, wie wichtig es für mich war, diesen Waschbären zu besiegen, wenn ich an das Virus schon nicht herankam. Er tauchte wieder zur selben Zeit auf, pünktlich um zwei Uhr, irgendwo im Wald schien eine Stechuhr für Waschbären zu hängen. Er kletterte unverzüglich an der Pergola hoch und verursachte ein großes Geschepper. Er erschreckte die Amsel, die an der Ostseite der Hütte brütete, er erschreckte das Reh, das die Rosenknospen meiner Freundin fraß, keine Ahnung, wen in diesem großen Wald er sonst noch alles erschreckte. Aber er selbst war offenbar taub oder hatte sich Moos in die Ohren gesteckt, ihn erschreckte der Lärm jedenfalls nicht. Seelenruhig zog er den Meisenknödel an der Schnur zu sich hoch, während die Coladosen rasselten.

Am nächsten Abend hängte ich die Knödel ab und verstaute sie in einer Plastikkiste mit Klammerverschluss. Er benötigte zwei Nächte, um den Verschluss aufzukriegen, und zehn Minuten, um die acht Meisenknödel zu fressen, die mir geblieben waren. Ich musste bei Amazon nachbestellen und entschied mich angesichts der Umstände für eine Zehn-Kilo-Packung. Der Waschbär fraß übrigens aus dem Geräteschuppen, dessen Tür er aufgekriegt hatte, auch Anzünderpaste für den Grill, doch er überlebte es: *mens sana in corpore sano.*

In der nächsten Nacht wartete ich auf den Waschbären, aber er kam nicht. Vielleicht hatte er gemerkt, dass der Amazon-Bote die Meisenknödel noch nicht geliefert hatte, und ohne Meisenknödel war ich für ihn uninteressant. Man darf sich nichts vormachen: Tiere sind sogar eher noch profitorientierter als Menschen. Alles, woran sie denken, ist ihr eigener Vorteil und der ihrer Jungen, dafür gehen sie über Leichen. Aber manchmal verspekulieren sie sich. Die Amselin, die unter dem Dachvorsprung der Hütte brütete, hatte auf ein junges Männchen gesetzt und bereits Eier mit ihm. Doch ein zweites, größeres Amselmännchen war mit diesem Ehebund nicht einverstanden. *Big Boy* attackierte den Kleineren fortwährend und vertrieb ihn. Die Amselin hatte also auf den Falschen gesetzt und musste ihre Jungen jetzt allein durchbringen, da Big Boy die fremden Jungvögel natürlich nicht mit Futter versorgte. Auch dieses Problem blieb letztlich an mir hängen. Ich stellte täglich ein Schälchen Rosinen direkt unter das Nest, damit die Amselin ihr Nest für die Futtersuche nicht lange allein lassen musste und auch ohne Big Boy zurechtkam.

Inzwischen wurde der *Shutdown* schrittweise aufgehoben. In die Städte kehrte das Leben zurück wie Blut in einen eingeschlafenen Arm. Meiner Freundin wurde vom Oberarzt eine Woche Urlaub bewilligt, doch ironischerweise erkrankte sie einen Tag vor der Abreise zu mir an einer fiebrigen Erkältung und musste zu Hause bleiben. Natürlich deprimierte mich das. Doch es hatte auch den Vorteil, dass ich mich nicht rasieren musste. Ich war in all den Wochen struppig geworden, sogar aus der Nase wuchs mir ein langes Haar. Der Waschbär erschien jetzt immer schon um zehn Uhr abends, weil ich um diese Zeit für ihn einen Suppenteller mit Kochschinken und zwei Meisenknödeln unter die Steineiche stellte. Seit ich den Waschbären fütterte, ließ er die Knödel, die ich für die Vögel aufhängte, in Ruhe: Es war ein Deal. Die Amselin hatte trotz meiner Rosinen das Nest für immer verlassen. Es lagen drei Eier darin, die sich später die Nebelkrähe holte, die mir ein Dorn im Auge war. Sie schüchterte die kleineren

Vögel ein, die Kleiber, Dompfaffen, sogar die tapfere Mönchsgrasmücke wagten sich nicht zur Futterstelle, wenn das Krähenbiest hier einen auf Mafioso machte. Sobald ich die Krähe sichtete, stürzte ich mit einem Besen in der Hand aus der Hütte, weil ich gemerkt hatte, dass ich ihr mit Besen mehr Angst machte als ohne. Doch mit dem Besengefuchtel erschreckte ich natürlich auch die anständigen Vögel, das war das Dilemma. Diese Krähe vergiftete die ganze Atmosphäre meines kleinen Paradieses!

Am selben Tag, an dem ich im Internet las, dass die Restaurants wieder geöffnet waren, schoss ich mit einer selbst gebastelten Steinschleuder auf die Krähe. Danach überlegte ich, ob ich jetzt, wo die Seuche auf dem Rückzug zu sein schien, in die Stadt zurückkehren sollte. Doch am Abend dieses Tages trat ich aus dem Geräteschuppen, und vor mir stand das Reh. Es floh nicht. Es schaute mich lange an. Ich schwöre, es sagte mir durch seinen Blick: »Bleib.«

ZWEITER TEIL

Ich blieb. Der Waschbär war darüber sehr froh und dankte es mir durch eine noch christlichere Besuchszeit. Er konnte kaum noch den Sonnenuntergang abwarten: Bereits in der *bürgerlichen Dämmerung* trat er aus dem hohen Gras, das die Hütte umgab. Ich hatte ihm bisher die Meisenknödel immer auf den Steinfliesen unter der Pergola hingerollt, aus Respekt vor seinem Gebiss. Er hatte ein ziemliches Arsenal im Kiefer: vier Reißzähne, gefolgt von einer Reihe kleinerer, spitzer Zähne, vergleichbar unseren Eckzähnen.

Aber dieses Hinrollen der Nahrung war ein wenig, als würde man einem Baby die volle Nuckelflasche in die Wiege werfen und dann ins Kino gehen. Jetzt, da ich beschlossen hatte, hierzubleiben, wollte ich dem Waschbären gewissermaßen näherkommen und ihn eben wie ein Baby von Hand füttern. Also legte ich einen halben Meisenknödel auf meine Handfläche und streckte sie ihm hin, in der Hoffnung, dass er meine Finger in Ruhe ließ und nur den Knödel fraß. Zu meinem Erstaunen schnappte er ihn sich nicht mit dem Mund, sondern auf zivilisierte Art: Er nahm ihn mir ganz sanft mit beiden Pfoten aus der Hand. Das fühlte sich sogar gut an. Seine Pfoten oder eigentlich vielmehr Hände strichen über meine wie Federchen. Als er den Meisenknödel mit den Händen umschloss, bemerkte ich, dass ihm an der linken Hand ein Finger fehlte.

Zum Essen zog er sich ein paar Schritte von mir zurück, als befürchtete er, ich könnte es mir anders überlegen und den Knödel wieder zurückfordern. Vielleicht war ihm nicht klar, warum ich so dumm war, ihm diese leckere Nahrung freiwillig zu überlassen. Wenn er hätte sprechen können, hätte er zu seinen Waschbär-Freunden gesagt *Aus dieser Kuh werde ich nicht schlau! Sie selber frisst nie was, aber mir schiebt sie jeden Abend diese köstlichen Knödel rüber!* Aus seiner Sicht hatte er es mit einer verrückten Kuh zu tun, die etwas Wertvolles verschenkte, die also so spendabel war wie bisher nur eine einzige Person in seinem Leben: seine Mutter. Sie hatte ihm sicherlich auch mal eine halbe Maus oder einen Vogelkopf überlassen, ohne etwas dafür zu erwarten. Aber ich war nicht seine Mutter – also warum benahm ich mich wie sie? Das musste ihm sehr merkwürdig vorkommen. Jedenfalls bildete ich mir ein, dass er mich manchmal mit einem Blick ansah, als versuchte er zu verstehen, warum ich ihn fütterte.

Ich schrieb in mein Notizbuch:

Warum füttere ich ihn? Weil er sonst nicht kommen würde. Er treibt sich ja nicht zum Spaß nachts im Wald rum. Er kommt hierher, weil an der Hütte in Waschbärensprache in großen Buchstaben steht RESTAURANT ZUR VERRÜCKTEN KUH – HEUTE ALLE SPEISEN GRATIS. *Aber genau genommen ist die Speisung nicht wirklich umsonst: Er bezahlt durch seine Anwesenheit, an der ich mich erfreue. Ich schaue ihn mir gern an, denn er ist herzig. Ein knuddliges Tier mit klugen, lebendigen Augen und sanften Pfoten. Er bewegt sich schön, ganz leise und elegant und kraftvoll. Ich mag es, wenn er auf dem Marmortischchen steht und sich nach einer der Spiralen streckt, um den darin befindlichen Meisenknödel zwischen den Spiralstäben wegzuknabbern. Manchmal stellt er dabei ein Bein auf die Brüstung der Pergola in der Art eines Feldherrn, der auf einer Anhöhe steht und einen Fuß auf einen Stein stellt. Wenn der Waschbär satt ist, schnüffelt er meistens noch eine Weile am Wassereimer, am Gartenschlauch, an der Blumenerde oder an sonst was rum, und danach verschwindet er und kommt in dieser Nacht nicht wieder. Es regnet oft, es ist nachts kalt, es ist windig, und ich bin hier allein. Wer wäre da*

nicht froh um Besuch von einem Waschbären?
Die Vögel besuchen mich tagsüber, er nachts, das
ist doch ideal. Ich würde auch ein Dromedar
füttern, wenn es hier welche gäbe. Am liebsten
würde ich allerdings einen Orang-Utan füttern.
Mit ihm könnte man sogar auf eine Weise ins
Gespräch kommen, da bin ich mir sicher. Er
würde vermutlich spüren, wie es mir geht. Er
kennt Gefühle wie Niedergeschlagenheit, Angst,
Zuneigung – nichts Menschliches ist ihm fremd.
Eines Tages würde er seinen sehr, sehr langen
Arm um mich legen. Von meiner Seite her spricht
nichts gegen die Ansiedlung von Orang-Utans
im Ruppiner Wald- und Seengebiet. Aber es hat
keinen Sinn, sie sich herbeizusehnen. Ich muss
mit dem Waschbären vorliebnehmen. Wie heißt er
überhaupt?

Ich wollte ihm einen Namen geben, und mir schien
Schupp zu ihm zu passen. Im Internet stand, dass
Waschbären in der Jägersprache so genannt werden.
Schupp klang frech, zottelig, verfressen und klug – so
war er.

Am nächsten Morgen strahlte die Sonne, und die
Mönchsgrasmücke sang wunderschön in der Pergola.
Dieses kleine Vögelchen, nicht viel größer als ein Ten-
nisball, steckte voller musikalischer Einfälle. *Mücke,*

wie ich den Vogel nannte, sang gern direkt über dem Marmortischchen mit dem Futter. Die Weibchen hörten ihm bestimmt an, dass er über unglaubliche Mengen von Haferflocken verfügte. Sein munterer, einfallsreicher Gesang konnte nur von einem gut genährten, sozusagen reichen Männchen stammen. Wenn sie herangeflattert wären, um ihn sich näher anzusehen, wären ihnen die Augen übergelaufen beim Anblick seines Vermögens.

Aber sonderbarerweise kam keine. Mücke blieb allein. Der Einzige, der sich von seinem Gesang betören ließ, war ich. Ich hätte gern für ihn ein paar Eier gelegt, aber es lag außerhalb meiner Möglichkeiten. Ich nahm Mückes Arien mit dem Handy auf, um sie mir anzuhören, wenn es mir mal nicht so gut ging: Ich war sicher, dass seine Lieder mir aus einem Stimmungstief heraushelfen konnten.

Am frühen Nachmittag ließ sich die Nebelkrähe in der Nähe der Hütte nieder. Das war wohl ein neuer Versuch, die Futterstelle unter ihre Kontrolle zu bringen. Sie hatte mich natürlich gesehen und blieb erst einmal in sicherer Distanz. Vermutlich hoffte sie, ich möge vom Blitz erschlagen werden, es zogen nämlich sehr dunkle Wolken auf. Ihre bloße Anwesenheit, selbst weit weg, genügte, um die Vögel an der Futterstelle in Panik zu versetzen. Ich verstand ihre Angst eigentlich nicht so recht, die Krähe war langsamer als sie und bei Weitem kein so wendiger Flieger wie die Kleiber oder Kohlmeisen. Aber womöglich ging es hier ja um mehr, als ich wusste. Vielleicht fürchteten sie um ihre Jungen, die inzwischen geschlüpft waren? In der Stadt hatte ich einmal eine Nebelkrähe gesehen, die ein Spatzenjunges im Schnabel davontrug. Aus irgendeinem Grund hatte mich das gestört, während ich andererseits einem Löwen mit einer Gazelle im Mund keinen Vorwurf machte. Warum sollten Nebelkrähen keine kleinen Vögel essen? Es war nichts Bösartiges daran. Aber hier bei der Hütte kam das nun mal nicht infrage.

Ich rannte mit dem Besen auf sie zu, sie flog fast senkrecht hoch. Ich folgte ihr ein Stück weit über die Wiese und verjagte sie aus einer buschigen Linde, in deren Blätterwerk sie sich vor mir zu verstecken versucht hatte. Es war eine Mongolische Linde. Am Vortag hatte ich mir eine Pflanzenbestimmungs-App heruntergeladen namens *PictureThis*. Man konnte damit Blätter fotografieren, und die App bestimmte dann die Pflanzen- oder Baumart. Damit wurde man augenblicklich zum Botaniker. Und dieses war eben eine Mongolische Linde. Die Krähe hatte sie vermutlich mit Bedacht als Versteck ausgesucht, da sich die großen, dicht stehenden Blätter dafür gut eigneten. Als Nächstes floh die Krähe zum Waldrand, aber sie fand dort keinen Baum, der ihr passte. Sie flog im Halbkreis zurück, in meine Richtung. Ich fuchtelte mit dem Besen, und nun drehte sie ab. Die Pandemie hielt die Welt immer noch im Griff, und während andere *Home Office* machten, machte ich *Wood Office*, und dazu gehörte nun mal das Verwedeln von Nebelkrähen mit Besenstielen.

Das Gewitter überlegte es sich anders und zog vorbei. Bei einem Spaziergang am späten Nachmittag sah ich auf einem sandigen Feldweg eine winzige Schlange, die versuchte, aus einer Vertiefung rauszukriechen. Für sie war es ein Kraterrand, sie rutschte ständig ab. Dies geschah vor der Kulisse eines weiten Feldes, das sich auf der einen Seite zu einem kleinen See hin erstreckte, zur anderen zum Rand eines Waldstücks, aus dem die sprechenden Äste alter Robinien herausgriffen (keine Espen! Keine Erlen!). Und im Zentrum dieses weiten Landes kroch die winzige Schlange gegen den feinen Sand des Kraterrandes an und hinterließ ebenso feine s-förmige Spuren darin. Einen Moment lang war ich voller Sympathie für das Schlänglein: Es war nur ein dünner Faden Leben inmitten einer großen, gefährlichen Welt. Wenn es aus dieser sandigen Vertiefung herausgefunden hatte, wartete auf das Schlänglein das hohe Gras, über dem ein Raubvogel kreiste, ein Milan vielleicht, ein Bussard, sicher kein Adler, wahrscheinlich auch kein Falke. Das Leben dieser jungen Schlange war aus Glas, aber sie kämpfte sich Zentimeter um Zentimeter aus der Vertiefung hoch. Ich hob das Schlänglein am hinteren Schwanzende hoch und legte es ins Gras. Vielleicht half ich ihm damit, vielleicht nicht.

Am Abend jenes Tages saß ich vor Sonnenuntergang draußen vor der Hütte und wartete auf die bürgerliche Dämmerung und den Abendstern. Wie immer um diese Zeit flogen die zwei Wildgänse oder Graugänse oder wie immer diese großen, langhalsigen Vögel sich nannten vorbei. Mit Sicherheit waren es keine Enten. Sie stießen bei ihrem Überflug über die Hütte unablässig ihre heiseren Rufe aus, es klang wie *Bald da! Bald da!* Sie waren stets in Eile. Sie folgten ihrer Flugroute unbeirrt wie die Passagiermaschinen von Frankfurt nach Las Palmas. Sie schienen ein genaues Ziel zu haben, vermutlich einen der Seen in diesem Wald. Es gab davon so viele, dass man als Gans wohl nur mit einem perfekten Orientierungsvermögen genau den See fand, an dem man die Nacht verbringen wollte. Vielleicht benutzten sie die Hütte als Orientierungspunkt. Diese Vorstellung gefiel mir. Ich wäre gern Orientierungspunkt für Wildgänse gewesen. Etwas weniger gern für Graugänse, denn Wildgänse hatten den verheißungsvolleren Namen. Orientierungspunkt für Enten wäre ich ungern gewesen. Es klingt einfach nicht gut, wenn man zu jemandem sagt *Jeden Abend orientieren sich die Enten an mir auf dem Flug zu ihrem Schlafplatz.*

Schupp besuchte mich später als sonst, der Mond trieb schon durch die Wolken. Der Meisenknödel, den ich Schupp hinhielt, interessierte ihn nicht. Vielleicht hatte er schon auswärts gegessen. Was ihn interessierte, war der Unterteller eines Blumentopfs, der neben dem Korb mit dem Gartenwerkzeug stand, unter dem Rosenstrauch, der sich mit der Glyzinie die Pergola teilte. In diesen Unterteller drückte Schupp zielsicher eine Hinterlassenschaft. Wenn es eine Botschaft war, konnte ich sie nicht entschlüsseln. Wenigstens roch sie nicht und war kompakt, wie ein Pferdeapfel, allerdings länglicher und kleiner. Als ich seine Botschaft auf die dunkle Wiese rausschleuderte, schien er darüber nicht glücklich zu sein. Er schnupperte danach lange an dem leeren Unterteller und wirkte verstimmt, wie jemand, der zu einer Einladung eine Flasche Wein mitbringt, die der Gastgeber aber in den Ausguss schüttet, weil ihm der Jahrgang nicht passt. »Was willst du?«, sagte ich. »Soll ich dein Zeug einrahmen und in der Hütte aufhängen?«

Ich redete relativ oft mit ihm. Eigentlich immer. Manchmal redete ich auch mit den Vögeln, vor allem mit den zwei Kleibern. Aber das war etwas anderes. Zu den Kleibern sagte ich ab und zu einen Satz, meistens kam darin das Wort *Kokain* vor. Doch ich redete im Grunde zu mir selbst, ich versuchte, mich selbst zu amüsieren. Wenn man mit Vögeln spricht, hat man nun mal nicht das Gefühl, dass irgendetwas bei ihnen ankommt. Außerdem schafft man es gar nicht, ihnen sein Herz auszuschütten, denn sie fliegen weg noch bevor man den ersten Satz zu Ende gesprochen hat. Man müsste ihnen das, was man sagen will, nachschreien. Da entscheidet man sich lieber für ein Gespräch mit einem Gummibaum. Bei dem kommt zwar emotional auch nichts an, aber er haut wenigstens nicht ab, wenn man mit ihm über Eheprobleme spricht. Mit dem rosenknospenfressenden Reh redete ich übrigens auch nicht. Wenn ich es – was selten geschah – überhaupt zu Gesicht bekam, schnalzte ich mit der Zunge oder machte Silbengeräusche (*Nanana* oder *Hohoho*). Ich bildete mir ein, dass es sich diese Laute vielleicht merkte und mich daran wiedererkannte. Jedenfalls erschien mir auch das Reh, wie die Vögel, zu volatil, um mit ihm *ernsthaft* zu reden.

Bei Schupp war das anders. Mit ihm konnte man sprechen wie mit einem Hund oder mit einer Katze. Er verstand natürlich das, was ich zu ihm sagte, nicht im Wortlaut. Aber ich hatte den Eindruck, dass sich auf ihn, wenn ich mit ihm redete, etwas *übertrug.* Also redete ich mit ihm, als würde er mich verstehen. Manchmal wurde es mir sogar ein wenig zu viel, ich dachte *Du redest und redest, aber es ist nur ein Wasch-*

bär! Dann sagte ich nichts mehr, auch nicht, wenn er mir direkt in die Augen schaute und auf ein Wort von mir zu warten schien.

Aber mit dem Waschbären zu reden bedeutete noch nicht, eine enge Bindung zu ihm zu haben. Deshalb versuchte ich seit einigen Tagen, ihn bei den Fütterungen an kurze Berührungen zu gewöhnen, aus denen dann – so mein Wunsch – dereinst ein Kraulen, sogar Streicheln werden sollte. Auf Berührungen war er aber gar nicht erpicht. Wenn ich ihm mit der einen Hand Futter anbot, behielt er immer meine andere im Auge, und kaum bewegte ich sie ein wenig auf ihn zu, wich er zurück. Egal, ich musste einfach dranbleiben. Vermutlich war es wichtig, dass er mich erst mal als ein einheitliches Wesen wahrnahm? Ich hatte keine Ahnung, wie er mich sah und als was er mich wahrnahm. Aber ich konnte mir vorstellen, dass er, da er meist nachts unterwegs war, wahrscheinlich kaum je einem so großen Tier wie mir begegnete. Womöglich war ihm noch nicht so ganz klar, dass meine beiden Arme und Hände mit dem Rest von mir ein Ganzes bildeten. Die eine Hand mit dem Futter empfand er als freundlich, aber die andere weckte sein Misstrauen. Woher hätte er wissen sollen, dass dieses Gewusel für ihn sonderbarer Gliedmaßen vom selben Willen gesteuert wurde? Ich musste also einfach Geduld haben. An jenem Abend war er allerdings, wie gesagt, nicht sehr gefräßig und fand beide Hände uninteressant, die mit und die ohne Futter sowieso. Kein Problem, dann eben morgen.

Aber in der nächsten Nacht kam er nicht.

Und am übernächsten Abend besuchte mich meine Freundin für ein langes Wochenende. Sie brachte Regen. Aber es regnete in letzter Zeit eigentlich oft.

Meine Freundin und ich saßen an dem kleinen, quadratischen Tisch in der Hütte, der Gasheizer knisterte. Sie umfasste mit beiden Händen die warme Teetasse. Genau so umfasste der Waschbär die Meisenknödel. Es heimelte mich an, dass die beiden auf dieselbe Art etwas in den Händen hielten. Sie erzählte von ihrer Arbeit im Krankenhaus. Sie sagte, die *Fallzahlen* seien rückläufig, aber das bedeute nur, dass die Arbeit jetzt von weniger Personal erledigt werden müsse. Ich verstand den Zusammenhang nicht. Aber ich fragte nicht nach, denn ich wusste, ich verstand es nicht, weil ich nicht wirklich zuhörte. Ich war abgelenkt, weil mir so gefiel, dass sie die Tasse auf Waschbärenart hielt. Und danach war ich abgelenkt, weil sie es nicht mehr tat. Sie stand plötzlich auf, um ein Stück Käse aus dem Kühlschrank zu holen. Kaum saß sie wieder, stand sie erneut auf, jetzt ging es um Butter und Schnittlauch. Als sie alles hatte, was sie brauchte, klopfte sie mit dem Zuckerstreuer auf den Tisch, weil der Rohrrohrzucker zu einem Block erstarrt war. Alles, was sie tat, war völlig normal. Aber ich musste mich erst wieder an so viel Aktivität gewöhnen. (Die hektischsten Bewegungen hier draußen waren die der Kleiber.) Auch an die Lautstärke musste ich mich wieder gewöhnen. Meine Freundin sprach bestimmt nicht wirklich laut, das ist überhaupt nicht ihre Art, aber meine an die Stille des Waldes gewöhnten Ohren empfanden es so. Sie redete von *Fallzahlen* und von *Fallinformationen im Internet.* Ich fragte: »Welche Fallinformationen denn?« Sie sagte: »Nicht Fallinformationen, Falschinformationen.« Sie sagte, die Wahrheit sei, dass sie manchmal zwei Tage lang dieselbe Schutzmaske tragen müsse, weil es einfach nicht genügend Schutzmasken gebe. Ich hatte Schwierigkeiten, zu verstehen, was der Schutzmaskenmangel mit den Falschinformationen zu tun hatte. Das lag daran, dass ich mich die ganze Zeit fragte, warum sie so laut sprach.

Mit Schupp redete ich zwar manchmal zu viel, aber stets leise. Er war nämlich ein stilles Tier. Er verursachte zwar oft laute Geräusche, er hatte nichts dagegen, es tüchtig krachen zu lassen. Aber er selbst gab keinen Laut von sich und bewegte sich lautlos. Selbst wenn er auf den alten Korbstuhl kletterte, um aufs Marmortischchen zu gelangen, knisterte der Korbstuhl nicht. Auch die Vögel waren leise. Es war von ih-

nen nur ihr Geflatter zu hören, ab und zu ihre Streit-
laute, wenn sie sich balgten. Tagsüber hörte ich also
ihr Gezwitscher, das Rauschen der Bäume im Wind,
das Summen des Kühlschranks, und das war es auch
schon. Nachts wurde es dann richtig still, bis auf ein
gelegentliches Rascheln oder den hohlen, monoto-
nen Ruf eines Vogels. In der Nacht wurde mir die
Stille manchmal zu viel, sie bekam dann ein Ge-
wicht, das bedrohlich wurde. Wie auch immer, wenn
man in einer stillen Umgebung lebt, wird man selber
still, und sei es nur, um nicht aufzufallen. Bei meinen Wanderungen durch den Wald vermied ich es,
auf Äste zu treten, auch wenn kein Tier in der Nähe
war, und nie wäre es mir in den Sinn gekommen, im
Wald ein Lied zu singen oder auch nur zu pfeifen. Es
ging hier draußen ein wenig zu wie in einem Zister-
zienserkloster.

Auf einem Spaziergang am Waldrand entlang erzählte ich meiner Freundin, dass ich vor zwei Tagen
das rosenknospenfressende Reh gesehen hatte, mit
zwei Kitzen. Beim Anblick des gepunkteten Fells
der kleinen Rehe hatte ich dieselbe urtümliche Er-
regung empfunden wie früher als Kind, wenn ich im
Garten in einem Strauch ein Osterei aus Schokolade
fand.

Meine Freundin fragte mich, woher ich wisse, dass
es dasselbe Reh gewesen sei, das ihre Rosenknos-

pen fresse? Darüber hatte ich noch gar nicht nachge-
dacht. Vermutlich hatte ich das Reh an seinem Blick
erkannt. Es hatte kurz in meine Richtung geblickt,
bevor es seine Kitze ohne Hast tiefer in den Wald
führte. Es hatte mich weder neugierig noch verängs-
tigt angeblickt, eben weil es mich kannte.

»Am Blick hast du es erkannt!«, sagte meine Freundin. Sie sagte, ich sei ein Romantiker, jedenfalls wenn
es um Tiere gehe. Nicht einmal Jäger, sagte sie, könnten einzelne Rehe voneinander unterscheiden. Wir
spazierten auf einem bewachsenen Pfad, der an hohen, dünnen Fichten vorbeiführte, von denen eine,
die von einem Sturm halb ausgerissen worden war,
sich an zwei andere lehnte wie ein Betrunkener vor
einer Bar.

Das Thema Reh ließ meine Freundin nicht los.
Sie sagte, ich hätte ihr doch vor ein, zwei Wochen
am Telefon von einer Begegnung mit dem Rosenreh
erzählt. »Zu diesem Zeitpunkt wären die Kleinen
schon auf der Welt gewesen«, sagte meine Freundin,
»und sie wäre bestimmt nicht ohne sie unterwegs
gewesen. Also kann es nicht dasselbe Reh gewesen
sein.« Da war ich anderer Meinung. Ich hatte das
Reh am Blick und an einem auffälligen, spitz nach
oben stehenden weißen Büschel am Hintern erkannt. »Was für ein weißes Büschel?«, fragte meine
Freundin, und ich sagte: »Eben ein weißes Büschel,
wie ein Haarwirbel.« Sie sagte, alle Rehe hätten hin-

ten ein *weißes Büschel,* das nenne man den *Spiegel.* Und ein spitzes Teil davon stehe bei allen Rehen nach oben. Sie sagte, ich hätte mich verändert, ich käme ihr selbst vor wie ein scheuer Rehbock, der sich nicht in ihre Nähe traue. Plötzlich griff sie mir hinten in die Hose, zerrte das Waschetikett meiner Unterhose heraus und sagte: »Mein Gott, du bist wirklich ein Rehbock! Du hast da hinten ein kleines *weißes Büschel!*«

Am Abend legte sie sich früh schlafen, noch bevor die beiden Wildgänse über die Hütte flogen. Sie kamen wie immer aus Südosten und flogen nach Nordwesten und riefen ihr *Bald da! Bald da!* Vielleicht waren es auch Kraniche. Ich saß mit der lilafarbenen Wolldecke über den Knien vor der Hütte und wartete auf den Waschbären. Um ein Uhr nachts schrieb ich in mein Notizbuch:

Es wundert mich nicht, dass er heute nicht kommt. Er hat bestimmt bemerkt, dass eine fremde Person hier ist, die er noch nie gesehen hat. Er hat die Unruhe bemerkt, die jetzt hier herrscht. Er ist der Abt des Zisterzienserklosters, und er bangt um unsere schöne Stille. Kann gut sein, dass er nicht kommt, solange wir hier zu zweit sind. Das ist schade, denn ich würde gern mit meinem Streicheltraining weitermachen.

Wenn er jetzt tagelang nicht kam, weil wir zu zweit waren, ging vielleicht die Vertrautheit verloren, die ja doch schon in einem gewissen Maß zwischen uns entstanden war. Dann musste ich mit dem Zärtlichkeitstraining von vorn beginnen.

Um halb drei Uhr legte ich mich neben meine schlafende Freundin, die ganz leise schnarchte. So leise, dass man noch sehr gut oben im Dachgebälk die Maus hörte, die heute Nacht wieder wahnsinnig viel zu tun hatte. Ich wäre nicht gern ohne das beruhigende Schnarcheln meiner Freundin eingeschlafen, aber auch nicht ohne das für mich mittlerweile ebenfalls beruhigende Rascheln und Trippeln der Maus.

Am nächsten Morgen wehte ein kühler Wind, der die schwarzen Kopffedern von Mücke zerzauste. Er musste sich mit seinen kleinen Krallen am Rand der Rinne des Futterhäuschens festhalten, damit der böige Wind ihn nicht wegwehte.

Meine Freundin wollte trotz des unfreundlichen Wetters draußen frühstücken, weil sie ja nur wenige Tage hier war. Sie wollte die Natur genießen, auch wenn es ein kühler Genuss war. Die beiden Kleiber zischten durch die Pergola, stürzten sich aufs Futter, schmissen alles, was ihnen nicht schmeckte, vom Marmortisch wie Bankräuber, die es nur auf die großen Scheine abgesehen haben. Das Dompfaffen-

paar ließ sich auf einem Ast der Glyzinie nieder und schaute uns lange beim Frühstück zu, bevor einer der beiden zum Futterhäuschen flog und das Angebot erst mal in aller Ruhe begutachtete, bevor er langsam eine Haferflocke in seinen Einkaufswagen legte.

Meine Freundin stellte mir eine Frage, in der das Wort *Einsamkeit* vorkam. Aber das Wort interessierte mich nicht so sehr. Was mich interessierte, war der enorme Tempounterschied zwischen den Kleibern und den Dompfaffen. Das war einfach faszinierend. Wenn die Kleiber sich Futter holten, hieß es *Alle runter auf den Boden! Keiner bewegt sich, oder es knallt! Her mit den großen Scheinen, na los, hört ihr schlecht, ihr habt genau vier Sekunden Zeit!* Die Dompfaffen hingegen wirkten wie Leute, die an einem heißen Sommertag im Garten grillen und eigentlich keinen großen Appetit haben, weil es so warm ist. Es kann ihnen nicht lange genug dauern, bis die Würste fertig sind. Aber wenn sie dann mal essen, wollen sie von dem Zwölferpack Würste keine übrig lassen, denn die waren im Sonderangebot sehr günstig, weil das Haltbarkeitsdatum abgelaufen ist. Beim langsamen, aber stetigen Abarbeiten der Nahrung ließen sich die Dompfaffen durch nichts stören. Es kam vor, dass sie sich zwischendurch während des Fressens erholen mussten – manchmal bewegten sie sich dann einige Sekunden lang *über-*

haupt nicht. In der Zeit, in der sie sich nicht bewegten, überfielen die Kleiber achtzehn Banken und heirateten drei Mal.

Die Meisenknödel, die ich gestern Nacht für Schupp ausgelegt hatte, lagen unangetastet auf den Steinfliesen unter der Pergola. Er meinte es offenbar ernst mit seinem Besuchsboykott. Ich erzählte meiner Freundin, dass ich mir zum Ziel gesetzt hätte, den Waschbären zu streicheln, er heiße Schupp. Sie fragte mich, ob ich außer mit dem Waschbären sonst noch mit jemandem Kontakt hätte hier draußen? Ob ich mit jemandem gesprochen hätte, in den vergangenen Wochen? »Ja, mit Schupp«, sagte ich, »und ab und zu mit den Vögeln. Aber mit denen rede ich nur kurz.« Sie fragte mich, ob ich nicht mit ihr in die Stadt zurückfahren wolle? Die Ansteckungszahlen seien auf ein niedriges Niveau gesunken, die Intensivbetten auf ihrer Station seien nur zu 25 Prozent belegt. Möglicherweise komme es in einigen Monaten zu einer zweiten Welle, aber im Moment gebe es aus epidemiologischer Sicht keinen Grund mehr, sich von der Welt fernzuhalten.

Wir verbrachten zwei weitere Tage miteinander, badeten bei kühlem Wetter in kalten, einsamen Seen. Ein einziges Mal sahen wir einen Mann in einem Ruderboot am gegenüberliegenden Schilfufer vorbeigleiten.

Er war zu weit weg, um ihn zu grüßen, aber meine Freundin winkte trotzdem. Er reagierte nicht. »Ich liebe diese Hütte«, sagte sie hinterher, »aber nach drei Tagen muss ich mal wieder andere Menschen sehen.« Das ging mir früher genauso. Aber jetzt nicht mehr. Ich sagte ihr, ich hätte beschlossen, noch zwei, drei Wochen hierzubleiben. Sie antwortete zuerst nicht, dann sagte sie: »Dann backe ich jetzt einen Apfelkuchen.« Das war eine Anspielung. Wenn sie als Kind aus irgendeinem Grund traurig gewesen war, hatte ihre Mutter ihr einen gedeckten Apfelkuchen gebacken.

Schupp tauchte während des Besuchs meiner Freundin nur ein einziges Mal auf, in der Nacht vor ihrer Abreise. Sein Gepolter weckte mich um drei Uhr. Er schob draußen vor der Hütte einen Blecheimer herum, was keinen Sinn machte, es sei denn, um mich zu wecken. Meine Freundin hat den Schlaf eines Anästhesierten, also ging ich allein raus. Ich hätte ihr Schupp gern vorgestellt, aber ich war nicht sicher, ob die beiden miteinander harmonierten. Wenn sie da war, war es mir sogar ein wenig peinlich, ihn Schupp zu nennen.

Ich merkte gleich, er war in einer anderen Stimmung als sonst. Er fraß zwar den Meisenknödel aus meiner Hand. Aber danach beschnüffelte er mich von den Füßen bis zu den Knien, immer wieder, nahezu penetrant, als fragte er sich *Wer zum Teufel ist das?* Danach schnüffelte er an allem rum, was vor der Hütte stand, obwohl er doch alles kannte! Er schnüffelte ausgiebig am alten Korbstuhl, auf den er schon fünfzig Mal gestiegen war. Er schnüffelte an den gusseisernen Füßen des Marmortisches. Dann schnüffelte er wieder an meinen Schuhen. An der Hüttentür schnüffelte er besonders ausgiebig. Er benahm sich, als wäre er zum ersten Mal hier. War es überhaupt Schupp und nicht ein anderer Waschbär? Ja. Ihm fehlte der Finger an der linken Hand, diese Amputation war sein Personalausweis. Also wozu diese *Wo-bin-ich-hier?*-Show?

Ich musste mir den dummen Gedanken ausreden, dass ihn vielleicht der Geruch meiner Freundin störte. Sie hatte heute auf dem alten Korbstuhl gesessen, den er so lange beschnüffelt hatte. Und natürlich haftete ihr Geruch an mir.

Bevor ich mich wieder ins Bett legte, schrieb ich in mein Notizbuch:

Ich muss wirklich aufpassen, dass ich dieses
Pelztier nicht mit Gefühlen ausstatte, die es
nicht hat. Und selbst wenn es so wäre und
Ihro Durchlaucht Graf Wischiwaschibär sich
tatsächlich durch das Odeur meiner Freundin
höchstselbst gestört fühlen würde: Fuck you,

racoon! *Was gehen mich die Befindlichkeiten
eines Tieres an, das in hohlen Eichen schläft!*

Am nächsten Tag musste ich mich dann aber doch
gegen ein Gefühl der Erleichterung wehren, als
meine Freundin in ihr Auto stieg und nach Hause
fuhr. Ich schaute der Staubwolke nach, die ihrem Wa-
gen auf der Feldstraße folgte. Ich winkte noch, als
sie mich längst nicht mehr sehen konnte. Die Staubwolke hing träge in der Luft. Ich sah darin einen Fle-
cken. Da war etwas in der Staubwolke. Ein Tier, das
mir aus der sandfarbenen Wolke heraus langsam entgegenkam.

DRITTER TEIL

Am ersten Tag ihres Besuchs hatte meine Freundin mich nach dem räudigen Fuchs gefragt, ob er aufgetaucht sei. Als ich es verneinte, sagte sie, dann sei er bestimmt inzwischen verendet. Denn sie hatte ihn zuletzt vor ungefähr drei Monaten gesehen, kurz vor Ausbruch der Epidemie, als sie ein Wochenende allein in der Hütte verbracht hatte. Sie sagte, sie habe gelesen, an Räude erkrankte Füchse überlebten selten länger als drei Monate. Die von Milben verursachte Räude sei für die Tiere sehr qualvoll. Wegen des unerträglichen Juckreizes würden sie sich kratzen, bis die Haut aufreiße. Manchmal würden sie sich sogar selbst beißen und dadurch Wunden zufügen, die sich dann entzündeten.

Solche Wunden sah ich nun bei dem Fuchs, der mir aus der Staubwolke entgegenkam. Vielleicht war es nicht derselbe, den meine Freundin gesehen hatte – oder aber es war derselbe, und er hatte länger überlebt, als im Lehrbuch steht. Räudige Füchse, so meine Freundin, verlören die Scheu vor Menschen und suchten ihre Nähe. Auch das stimmte.

Der Fuchs kam mir sogar zu nahe. Auf meinen Ruf *Jetzt reicht's!* blieb er stehen, gefügig, weil er völlig erschöpft war und nicht mehr ein noch aus wusste. Von der Körpermitte an bis zum Schwanz war kein Härchen seines Pelzes übrig geblieben. Auf der roten, nackten Haut zählte ich fünf oder sechs schwärende Wunden. Der Anblick seines völlig kahlen Schwanzes war besonders schwer zu ertragen. Der buschige Schwanz ist doch der Stolz eines Fuchses! Doch diesem Fuchs war nur ein mit Haut überzogener Knorpelschweif geblieben, er sah aus wie ein Stück Gartenschlauch.

Auf dem Rückweg zur Hütte, lief der Fuchs mir nach. Wenn ich stehen blieb, blieb auch er stehen. Wenn ich weiterging, folgte er mir wieder. Ich wusste nicht, wie die Augen eines lebenslustigen, gesunden Fuchses aussahen – aber bestimmt nicht wie die seinen. Ich fand, er hatte einen irren Blick. Der Irrsinn des Leids, der Qual, die dieser Wald ebenso bereithielt wie seine wunderschönen Geschenke.

Meine Vögel gerieten natürlich in helle Panik beim Auftauchen des Fuchses. Sie zerstreuten sich in alle Winde. In drei Vogelsprachen – der der Amseln, der Kleiber und der Kohlmeisen – wurde *Achtung, ein Fuchs!* geschrien.

Von dem Hähnchen, das meine Freundin aus einem Bioladen in der Stadt mitgebracht und gestern für uns gebacken hatte, war noch einiges Fleisch übrig. Ich legte es in einen Suppenteller und beträufelte es mit dem Steidlöl, das meine Freundin sich ja ursprünglich zum Zweck der Heilung des räudigen Fuchses besorgt hatte. Ehrlich gesagt glaubte ich nicht an die heilende Wirkung des Naturöls, dafür waren die Wunden des Fuchses zu ernst.

Er lief rastlos im hohen Gras hinter der Steineiche herum. Seine Bewegungen wirkten wie gestellt, wie die Nachahmung früherer Kraft und Schnelligkeit.

Ich stellte ihm das Futter hin, und er aß es nicht etwa gierig, sondern sehr langsam. Mir schien, ihn strengte sogar das Essen an.

Nach der Fütterung vertrieb ich ihn durch Händeklatschen und laute Rufe. So leid er mir tat, aber er konnte nicht hierbleiben. Allein schon wegen des Waschbären nicht. Falls Schupp heute Nacht kam, ging das für den entkräfteten Fuchs bestimmt nicht gut aus.

Einige Stunden später, in der bürgerlichen Abenddämmerung, setzte ich mich vor die Hütte. Die Steineiche stand da wie auf einem Gemälde. Selbst bei sehr starkem Wind geriet sie fast nie in Bewegung, ich hatte keine Ahnung, wie sie das machte. Die anderen Bäume wurden hin und her geworfen, sie nicht. Nur ihre obersten Äste gerieten ein wenig ins Schaukeln. Das Still-Dastehen war wirklich ihr großes Talent.

Die Steineiche schmückte sich seit Neustem mit der obersten Blüte des Rosenstrauches, der einen Zweig nach ihr ausgestreckt hatte. Es sah aus, als habe die Eiche eine lilafarbene Rose hervorgebracht. Diese Rose hatte ich gestern schon lange betrachtet, und nun tat ich es heute wieder, in der Gewissheit, dass ich es auch morgen wieder tun würde und an jedem Abend, bis der Wind die Rosenblätter fortgeweht hatte. Fast pünktlich erschienen die beiden Wildgänse oder Kraniche. Sie kamen wie immer aus Südosten und flogen nach Nordwesten und riefen ... Aber das weiß man schon.

So ging hier draußen ein Tag zur Neige: auf runde Weise. Das ganze Leben in der Hütte, so schien es mir in diesem Augenblick, war rund, verlief im Kreis, fing nirgends an und hörte nirgends auf.

Es gab keine Abwechslung, und ich vermisste sie auch nicht. Wenn es doch einmal eine gab, war es mir aber auch recht. An jenem Abend zum Beispiel ging ich früher als sonst rein, weil es außergewöhnlich kalt war. Im Hitzekreis des Gasheizers las ich Erzählungen von Thomas Mann, die ich im Geräteschuppen zwischen Holzkohle und Grillanzünder gefunden hatte. Die ruhige, unaufgeregte Erzählweise von

Mann passte sehr gut zu meinem kreisförmigen Leben, die Erzählungen waren selber im Grunde kreisförmig. Als ich gerade wunderbar im Fluss dieser ruhigen Literatur trieb, hörte ich draußen ein Geräusch, es war gegen Mitternacht. Ich hielt es für das Rumoren des Waschbären und ging raus, um nachzusehen. Beim ersten Schritt aus der Hüttentür stolperte ich aber über einen – Fußball.

Ich wollte ihn mit der Fußspitze wegrollen. Aber der Ball klammerte sich fest. Ich knipste die Außenlampe an, die die Pergola beleuchtete, und sah: Es war ein Igel. Aber nicht irgendeiner. Ich hatte bisher in meinem Leben zwei oder drei Igel gesehen. Entweder waren das junge Igel gewesen, oder dieser hier war ein Mutant. Konnten Igel so groß werden? Er besaß ohne Übertreibung die von der FIFA festgelegte Normgröße 5 für Fußbälle bei Meisterschaftsspielen. Ich schubste ihn mit der Fußspitze an, damit er sich nicht entrollte, bevor ich ihn fotografiert hatte. Zum Größenvergleich stellte ich eine Coladose neben ihn hin. Ich schickte das Foto meiner Freundin. *Was sagst du dazu?*, schrieb ich hinzu. *Igel oder Ankylosaurus?*

Vermutlich hatten ihn die Mehlwürmer angelockt. Ich mischte sie jeweils für die Amseln unters Futter. Aber im Moment besuchte mich nur eine einzige Amsel, jenes Männchen, das vor einiger Zeit den Revierkampf gegen den früher hier ansässigen Rivalen gewonnen hatte. Der Reviererbe liebte Rosinen, die Mehlwürmer rührte er hingegen nicht an. Die anderen Vögel mochten sie auch nicht, die Kleiber schmissen sie auf den Boden. Nun schien also der Igelhüne von dem Mehlwürmerüberfluss Wind bekommen zu haben, er besaß ja auch eine sehr große Nase, da passte viel Wind rein. Sein Schmatzen beim Fressen der Mehlwürmer war noch lauter, als er groß war. Es klang, als hätte er ein Mikrofon im Mund und zwei 50-Watt-Verstärker hinter den Ohren, die die Schmatzgeräusche abspielten. Ich fotografierte ihn nochmals, diesmal nicht für meine Freundin, sondern für den Fall, dass es sich um ein Rekordtier handelte. Vielleicht wurde sein Foto eines Tages bei einem Fachkongress von Igelforschern am Gardasee auf eine Leinwand projiziert, mit dem Kommentar *What you see here is the biggest hedgehog we ever discovered in an environment with no nuclear plant nearby.*

Es war eine klare Nacht. Elon Musks *Starlink*-Satelliten glitten an einer Perlenschnur durch die Sternbilder, einige Satelliten überholten die anderen sogar. Damit hatte nun auch im Weltraum eine fiebrige Geschäftigkeit Einzug gehalten. Ich holte für den Igelhünen eine Handvoll Mehlwürmer aus meiner Futterkiste in der Hütte. Als ich zurückkam, stand der Waschbär auf dem Marmortischchen. Dieses

plötzliche Auftauchen war eine seiner Kernkompetenzen: Man bemerkte nicht, dass er sich der Hütte näherte, er war einfach plötzlich da. Vom Marmortischchen aus blickte er auf den Igel hinunter, vielleicht, um gleich mal klarzustellen, wer hier oben und wer unten war. Dem Igel war's egal. Seine Sinne waren ausschließlich auf die Mehlwürmer gerichtet, die ich für ihn aufhäufte.

Später schrieb ich in mein Notizbuch:

> *Schupp beobachtet den Igel eine Weile vom*
> *Marmortischchen aus beim Fressen. Einmal*
> *gibt er dabei ein leises Fauchen von sich. Es ist*
> *klar, dass er sauer ist, weil der Igel sich auf seiner*
> *Futterstelle breitgemacht hat. Schließlich platzt*
> *ihm der Kragen, und er klettert an der Ranke*
> *der Glyzinie kopfüber runter wie ein Kleiber*
> *und schnappt dem Igel zwei, drei Mehlwürmer*
> *vor der Schnauze weg. Seit ich ihn kenne, hat*
> *er Mehlwürmer immer verschmäht. Aber jetzt*
> *ist er ganz versessen auf sie. Irgendwie ist es*
> *tröstlich: Tiere benehmen sich genauso irrational*
> *wie wir. Wenn sie könnten, würden sie dieselben*
> *monumentalen Fehler machen wie wir.*

Ich legte dem Igel neue Mehlwürmer hin, und Schupp wischte sie mit seinen flinken Händen vom

Igel weg zu sich und würgte sie runter. Jetzt reichte es dem Igel. Er begann zu protestieren, mit Geräuschen, die wie ein heiseres Husten klangen. Ich sah es nicht als meine Aufgabe, in diesem Wald für Gerechtigkeit zu sorgen. Aber für die Einhaltung einer gewissen Ordnung und gewisser Regeln hier vor der Hütte fühlte ich mich durchaus zuständig. Ich sagte leise zu dem Waschbären, dass ich derjenige sei, der das Futter kaufe, und dass folglich ich bestimme, wer hier was fresse. Das stimmte ja auch – nur machte es keinen Sinn, es auszusprechen. Ich musste die Regeln *durchsetzen.* Ich hockte mich vor Schupp hin und zeigte auf den Meisenknödel, den ich in einiger Entfernung zum Igel hingelegt hatte. Ich will hier nicht beschreiben, was ich alles zu Schupp sagte, welche Befehle ich ihm erteilte. Ich fuchtelte mit dem Finger vor seinem Maul herum, mehr braucht man nicht zu wissen.

Eine Minute später stand ich in der Hütte vor dem Spülbecken und hielt meinen Finger in den kalten Wasserstrahl. Wieder etwas gelernt im Wald: *Du sollst nicht mit ausgestrecktem Zeigefinger vor dem Maul eines Waschbären rumfuchteln.* Waschbären sind Allesfresser. Vielleicht dachte er, dass ich ihm meinen Zeigefinger als Futter anbiete. Vielleicht wollte er endlich mal grundsätzlich abklären, ob man irgendetwas von mir fressen kann. Er hatte kurz, allerdings sehr kräftig zugebissen – aber nicht aggressiv. Seine Ohren waren ganz entspannt gewesen. Das versöhnte mich ein wenig mit der Situation. Und nach dem Biss hatte er mich von unten herauf mit dem unschuldigen Blick eines Kindes angeschaut, das gerade eine Hundert-Euro-Note in ganz kleine Schnipsel zerrissen hat und nicht versteht, warum seine Eltern wegen ein bisschen Papier so ein Geschrei machen.

Aber ich empfand den Biss eben doch als Vertrauensbruch. Ich schaute dem Blut nach, das ins Spülbecken tropfte und vom Ausguss verschluckt wurde wie sonst jeweils die kleinen Fruchtfliegen, die sich dort rumtrieben. Und ich fühlte mich, als wäre ich aus der Hütte geschmissen, aus dem Wald verstoßen worden. Mich ergriff ein überwältigendes Heimweh. Ich wollte sofort nach Hause. Ich wollte in meine Wohnung, in mein städtisches Wohnzimmer ohne Waschbären, ohne gigantische Igel und räudige Füchse. In mein weiches Bett mit der Sieben-Zonen-Matratze. Ich wollte sofort zu meiner Freundin, zu meinen Freunden, und ich wollte Tiere nur noch in Form von urbanen Spatzen sehen, die in dreckigen Pfützen am Straßenrand ihr verrußtes Gefieder putzen. Doch nach einer Weile verflog das Heimweh wieder, und ich war nur noch ein wenig verärgert. Ich nahm es Schupp übel. Das war natürlich unvernünftig. Aber in diesem Wald herrschte nicht die Vernunft, sondern die emotionale Logik eines Stücks von Shakespeare: unvernünftig handeln, damit das Stück weitergeht. Ich musste Schupp zeigen, dass ich so etwas nicht tolerierte: *Des Widerspenstigen Zähmung.*

Später schrieb ich in mein Notizbuch:

Ich ergreife also den Besen, mit dem ich jeweils die Nebelkrähe vertreibe. Ich reiße die Hüttentür auf. In einem YouTube-Video habe ich gesehen, wie ein Amerikaner einen Waschbären mit einem Besen von seiner Veranda geschoben hat. Es hat zwar nicht funktioniert – der Waschbär kam zurück und griff ihn an –, aber die Idee ist im Prinzip nicht schlecht. Ich reiße also die Hüttentür auf und hoffe eigentlich, dass Schupp nicht mehr da ist und mir die Machtdemonstration erspart bleibt. Aber er ist noch da, der Igelhüne auch. Ich rufe: »Jetzt reicht's, hörst du!« Die beiden schauen mich an und fressen dann weiter, als wäre ich nur ein Baum, der ein bisschen rauscht. Wie kann es nur sein, dass Waldtiere so wenig Respekt vor einem Menschen mit einem Besen haben? Nur die Nebelkrähe nimmt mich ernst, vielleicht, weil sie weiter rumgekommen ist als Schupp und der Igel. Sie weiß vielleicht besser, wozu Menschen fähig sind, wenn sie gebissen wurden. Ich schiebe Schupp mit dem Besen ein bisschen über die Steinfliesen, und

zuerst scheint es, als ob er das Geschobenwerden
genießt. Aber dann hält er es mit Shakespeare:
Flieht, Herr, oh flieht! Hier gilt kein Säumen
mehr!
Ich jetzt also mit dem Igel allein. Denke: Hab ich
nicht schlecht gemacht. Er beißt mich, und ich
vertreibe ihn. Das wird er sich hinter seine Ohren
schreiben.

Doch wie erneut Shakespeare es ausdrückt: *Men-*
schen deuten oft nach ihrer Weise die Dinge, weit ent-
fernt vom wahren Sinn. Ich war der Meinung, Schupp
sei in die Nacht verschwunden. Aber als ich dem Igel
beim Fressen zusah, hörte ich hinter mir ein Knis-
tern von Plastik. Von Plastik wie dem des Fünf-Kilo-
Sacks mit Mehlwürmern, der in meiner Hütte stand.
Ich drehte mich um und sah: Schupp war in meiner
Hütte. Er steckte gerade seinen Kopf in den Fünf-
Kilo-Würmersack. Seine Flucht vorhin war nichts als
ein Ablenkungsmanöver aus der Kriegsschule von
Clausewitz gewesen. Er hatte gesehen, dass die Hüttentür offen stand, und war hinter meinem Rücken
reingeschlichen.

Manchmal, sehr selten, konzentrierten sich mehrere
Ereignisse in diesem Wald auf einen kleinen Zeitraum,
auf einen Tag, eine Stunde. Dies war so eine Stunde,
in der nicht nur sehr viel geschah, sondern auch viel,

das seit meiner Ankunft noch nie geschehen war. Ich musste Schupp ein zweites Mal vertreiben, diesmal aus der Hütte. Danach verriegelte ich die Hüttentür, was ich noch nie gemacht hatte. Danach schaute ich mir im Bett auf Netflix die erste Hälfte des ersten Teils von *Planet der Affen (Prevolution)* an. In dem Film wurden Schimpansen mit einem Virus infiziert, das ihre Intelligenz verdreifachte, sodass sie so klug wurden wie Waschbären. Der Film wühlte mich auf, obwohl ich ihn schon dreimal gesehen hatte: Er gehörte zu den Dingen, die immer wieder geschahen. Aber ich war gebissen und kurz darauf von einem Waschbären zum zweiten Mal überlistet worden, und ich hatte einen Igelhünen kennengelernt, und mein Finger pulsierte im Takt meines Herzschlags, als ich zu schlafen versuchte: so viele Ereignisse auf einmal! Die Maus in der Decke über meiner Schlafkoje trippelte und trappelte mich schließlich in den Schlaf.

Am nächsten Morgen hätte ich mein Frühstücksbrot gern an dem verwitterten Gartentisch unter der Steineiche gegessen. Aber als ich mir das Brot strich, sah ich draußen auf der Wiese den räudigen Fuchs. Er hob beim Gehen die Beine unnatürlich weit hoch, als ginge er über Hürden. Manchmal machte er träge, unentschlossene Fangsprünge ins Gras. Doch selbst wenn da wirklich eine Beute war – was ich bezweifelte –, musste sie diesen Fuchs nicht fürchten. Er war für die Jagd zu langsam. Ich aß mein Frühstücksbrot drinnen, ohne es recht genießen zu können. Es war leicht, sich vorzustellen, was der Fuchs durchmachte. In den kühlen Nächten kroch ihm die Kälte in die Knochen, da ihm der halbe Pelz ausgefallen war, er fand sicherlich kaum noch Schlaf. Wenn er sich tagsüber hinlegte, um sich ein wenig auszuruhen, fand er keine Stellung, in der ihm nicht eine seiner Wunden wehtat. Die anderen Füchse vertrieben ihn vermutlich. Nahrung fand er kaum noch, weil er zu schwach war für die Jagd. Dauernder Hunger, dauernde Schmerzen. Rastlos schleppte er sich durch den Wald, verlor dabei immer mehr Kraft und begann im Hungerwahn, Mäuse im Gras zu sehen, wo keine waren. Er war auf den Tod krank, und man konnte sein Leiden verlängern, wenn man wollte, indem man ihm mit Steidlöl getränkten Kochschinken vorsetzte. War das eine gute Idee? Nein, es war falsch! Er wäre besser heute als morgen gestorben. Aber das sagte sich zu leicht.

Ich hätte wirklich gern einfach mal wieder einen Tag auf dem Sofa verbracht und ein paar Kapitel von *Die Pest* gelesen oder eine schöne Erzählung von Thomas Mann, in der die Menschen wohlgeformte Schicksale durchlebten, die durch die Freundlichkeit des Erzählers bei aller Tragik den Leser nicht verstörten. Einfach daliegen und lesend nichts tun in einer Hütte im

Ruppiner Wald. Vielleicht nach der Lektüre sich einen Podcast des Virologen Christian Maria Drosten anhören und sich darüber freuen, dass es einem, weil es hier weit und breit keinen Infizierten gibt, egal sein kann, ob die aktuellen Reproduktionszahlen der Epidemie gesunken oder gestiegen sind. Nur aufstehen, um sich ein hart gekochtes Ei und Salzmandeln zu holen und dazu einen Schluck Pils. (Das schmeckt zusammen leckerer, als man meinen könnte.) Und sich dann wieder aufs Sofa legen und das Bein runterhängen lassen.

Aber andererseits konnte ich mich nicht beklagen: Mir ging es gut. Dem Fuchs nicht. Es war mir zuzumuten, die Entscheidung zu treffen, ob ich ihn füttern oder sterben lassen sollte. Oder ob ich ihn eventuell sogar von seinem Leiden erlöste. Das wäre nämlich das Humanste gewesen: ihm so viel Kochschinken hinzulegen, wie er nur essen konnte, und noch mehr. Und ihn dann mit einem gut ausgeführten Axthieb erschlagen, in diesem für ihn schönen Moment, wenn er endlich genügend Nahrung hatte.

Das Problem dabei war der *gut ausgeführte Hieb.* Ich wusste nicht, wie man ein Tier mit einer Axt erschlug. Wie stark man zuschlagen musste und ob ich im entscheidenden Moment nicht davor zurückschrecken würde. Ein Freund von mir, ein Hochseeangler, hatte mir mal erzählt, wenn man beim Töten eines Dorsches mit dem Schlagholz Mitleid mit dem

Dorsch empfinde, benötige man drei Schläge. Ohne Mitleid nur einen – sodass die Dorsche einen mitleidslosen Angler bevorzugten.

Ich hätte bestimmt drei Schläge gebraucht, das wollte ich dem Fuchs nicht antun. Außerdem war es ja eigentlich nicht meine Aufgabe. Wozu gab es Jäger? Ich war zwar hier im Wald noch keinem begegnet. Aber es musste eine Menge von ihnen geben, denn an jeder Lichtung stand ein Hochsitz. Sie waren stets unbemannt, wenn ich vorbeikam, aber sie standen sicherlich nicht nur aus folkloristischen Gründen hier.

Ich beschloss, einen Jäger anzurufen und ihm die Verantwortung für den räudigen Fuchs aufzubürden. Im Internet fand ich die Telefonnummer des *Kreisjagdverbandes* und schilderte einem freundlichen Herrn die Fuchssituation. Er hatte eine umwerfend sonore Bassstimme, nebenbei gesagt. So musste ein Jäger klingen, fand ich. Er versprach mir, die zuständige Revierpächterin zu informieren, sie werde sich bei mir melden. Kaum zwei Stunden später rief sie mich auch tatsächlich an.

In gewisser Hinsicht war das der Anfang vom Ende.

VIERTER TEIL

Ich schrieb in mein Notizbuch:

Telefongespräch mit der Jägerin, die für das
Revier zuständig ist, in dem die Hütte steht.
Sie sagte, ich solle den Fuchs unter keinen
Umständen füttern. Ich sagte Das würde
mir nie in den Sinn kommen. *(Ich konnte*
ihn, während ich das sagte, draußen unter der
Steineiche sehen, wo er gerade den aufgetauten
Bio-Kochschinken fraß, den ich ihm hingestellt
hatte.) Sie sagte, wenn er zudringlich werde,
solle ich ihn mit dem Gartenschlauch abspritzen.
Ich fragte sie, ob sie nicht vorbeikomme?
Um ihn zu erlösen? Sie sagte, das erledige die
Natur von ganz alleine. Er werde sich in ein
Versteck zurückziehen und dort verenden. Sie
wolle nichts beschönigen, die Fuchsräude sei
für die Tiere eine sehr qualvolle Krankheit.
Aber ihr fehle leider die Zeit, um jeder Meldung
über die Sichtung eines erkrankten Fuchses
nachzugehen.

Das klang plausibel. Jedem fehlt heutzutage die Zeit, um allen Meldungen nachzugehen. Manchen fehlt sogar die Zeit, um nur einer Meldung nachzugehen. Ich musste mit dem Fuchs also allein zurechtkommen. Und da ich nicht bereit war, ihn zu töten, würde ich ihn eben füttern und danach aber jeweils wieder vertreiben, damit die Vögel keinen Herzanfall kriegten. Während die Jägerin mir noch mal ans Herz legte, ihn nur ja nicht zu füttern, kam mir in den Sinn, dass sie vielleicht für Füchse keine Zeit hatte, für Waschbären aber möglicherweise schon. Ich fragte sie, ob sie zufällig auch Waschbären jage? Sie sagte: »Ja, aber nicht zufällig.« Mir lief es kalt über den Rücken. Ich sagte irgendetwas Unbeholfenes, ich weiß nicht mehr genau was, Waschbären seien aber sehr klug oder so etwas. Aber sie war auf Waschbären nicht gut zu sprechen. Sie erzählte mir in, offiziellem Ton – so als verkündigte sie einen Beschluss der Vereinten Nationen – eine Menge über die Schädlichkeit der Waschbären.

Bedrohen Seeadlerhorste
Rauben Wasservogelgelege aus
Fressen Fledermäuse
Fressen Singvögel
Fressen nochmals Fledermäuse
Verwüsten Beete
Sind keine heimische Tierart!

Ich fragte sie, wie die Waschbären es denn schafften, Fledermäuse in die Finger zu kriegen. Sind das nicht versiertere Flieger als die Waschbären? Darauf ging die Jägerin nicht ein. »Man kann jedenfalls nicht warten«, sagte sie, »bis sich das auf natürlichem Weg regelt.« Das klang gar nicht gut für Schupp. Beim räudigen Fuchs konnte man auf die Natur warten, bei ihm aber nicht. Das machte mir Sorgen. Vielleicht waren Waschbären in der Masse ja tatsächlich eine Landplage, und da sie keine heimische Tierart waren, sondern Zugezogene aus den Vereinigten Staaten, verstand es sich von selbst, dass man sie abschießen musste, nur schon aus patriotischen Gründen. Mir ging es auch gar nicht um *alle* Waschbären, sondern nur um Schupp. »Ich möchte Sie nur bitten«, sagte ich, »einen bestimmten Waschbären nicht zu erschießen. Ihm fehlt ein Finger an der linken Hand, daran können Sie ihn erkennen. Er ist praktisch mein Haustier.«

Das fand die Jägerin lustig. Sie lachte. Sie glaubte, ich scherze. Ich sagte, nein, es sei mir ernst. Sie solle bitte diesen Waschbären nicht abschießen. Haustiere dürften ja wohl nicht bejagt werden. Sie sagte, das stimme, aber Waschbären seien keine Haustiere: »Sie können es nicht sein.« Sie erklärte mir, das Tierschutzgesetz unterscheide zwischen

Nutztieren
Haustieren
Heimtieren und
Wildtieren

Eine Kuh beispielsweise sei ein Nutztier, da die Produkte der Kuh – Fleisch und Milch – wirtschaftlich genutzt würden. Sie sei aber auch ein Haustier. Denn unter Haustier verstehe das Gesetz jedes domestizierte Tier. Auch Pferde und Schweine seien Haustiere und ebenfalls, wie die Kuh, Nutztiere. Die meisten Haustiere seien gleichzeitig Nutztiere, im Gegensatz zu den Heimtieren, die meistens keine Nutztiere seien. Unter einem Heimtier verstehe das Gesetz das, was die meisten Menschen als Haustier bezeichneten, nämlich ein Tier, das geeignet sei, unter einem Dach mit Menschen zu leben, wie Katzen und Hunde.

Die Jägerin erklärte mir, dass eine Katze einerseits ein Haustier ist, weil es sich um ein domestiziertes Tier handelt, und andererseits wie gesagt ein Heimtier. Aber sie ist kein Nutztier. Ein Blindenhund hingegen ist nicht nur ein Heimtier und ein Haustier, sondern auch ein Nutztier. Eine Klapperschlange, die man in einem Terrarium hält, ist kein Nutztier, kein Haustier und auch kein Heimtier: Sie ist ein Wildtier. Wildtiere sind nicht domestizierbare Tiere, die nicht geeignet sind, unter einem Dach mit Menschen zu leben, und die nicht wirtschaftlich genutzt werden. Ein Wildtier kann allerdings unter gewissen Umständen, wenn es so gut handhabbar ist wie eben eine Klapperschlange, gefangen gehalten werden und einen Besitzer haben, der für die vorschriftsmäßige Haltung des Tieres verantwortlich ist. Somit ist eine Klapperschlange bedingt auch ein Heimtier. Wenn ihr Besitzer sie gegen Geld zur Schau stellt, kann sie sogar auch als Nutztier angesehen werden. Bei vielen Zootieren ist das der Fall, etwa bei Elefanten und Schimpansen, die Wildtiere sind, aber von einem Besitzer wirtschaftlich genutzt werden. Deshalb darf man sie nicht bejagen. Aber ein frei lebender Waschbär hat als reines Wildtier keinen Besitzer und unterliegt deshalb dem Jagdgesetz.

»Aber er hat einen Namen«, sagte ich. »Er heißt Schupp.«

Die Jägerin sagte, einem Wildtier einen Namen zu geben, mache dieses noch lange nicht zum Nutz-, Heim- oder Haustier. Gut, das mochte sein. Aber was, wenn Schupp mit mir in der Hütte unter einem Dach leben würde? Hätte er dann nicht den rechtlichen Status einer Klapperschlange, wäre er dann nicht ein Heimtier? »Versuchen Sie mal, mit einem Waschbären in Ihrer Hütte zu wohnen!«, sagte die Jägerin. Waschbären seien Reviertiere, *die wollen raus, dieser Wunsch ist unbändig. Ein Wildtier wird immer ein Wildtier bleiben.* Sie sagte, dass ich den Waschbären in der Hütte einsperren müsste, um ihn bei mir zu behalten, und Einsperren sei das Schlimmste, was man einem Wildtier antun könne. Ja, ich hätte richtig gehört, sie sei gegen die Zoohaltung von Wildtieren, das sage sie mir ganz offen. Sie habe überhaupt nichts gegen Waschbären, diese Tiere seien sehr intelligent. Doch sie seien in unseren Wäldern nicht heimisch, hätten keine natürlichen Feinde, würden sich deshalb zu stark vermehren und müssten folglich ganzjährig bejagt werden.

Ganzjährig bejagt. Mein Schupp *ganzjährig bejagt!* Damit konnte ich aus einsichtigen Gründen nicht einverstanden sein. Was würde ein Hundebesitzer davon halten, wenn sein Golden Retriever ganzjährig bejagt würde!

Ich sagte, wir Menschen seien in der Masse auch eine Bedrohung für die heimischen Tierarten, die wir noch nicht ausgerottet hätten. Aber der einzelne Mensch sei doch in der Regel nett und völlig harmlos. Sie solle doch bitte bei diesem einen Waschbären einfach beide Augen zudrücken, wenn sie auf ihn ziele, nein, sie solle gar nicht erst auf ihn zielen, sondern auf einen Marder oder auf was immer sie wolle. Ich wies sie noch einmal auf den fehlenden Finger

an der linken Hand hin. Die Jägerin sagte, sie könne vom Ansitz aus auf die Distanz beim besten Willen nicht erkennen, ob ein Waschbär eine verstümmelte *Brante* habe. Sie würde mir den Gefallen ja gern tun, aber in der Praxis sei das unmöglich. Es tue ihr leid.

Brante? »Pfote«, sagte die Jägerin. »Er hat Hände«, sagte ich, und sie sagte, dass sie das gar nicht bestreiten wolle. Sie habe nur jetzt einen wichtigen Termin und wünsche mir noch einen schönen Aufenthalt im Ruppiner Land. »Moment noch«, sagte ich und fragte sie, von welchem Ansitz aus sie denn die Waschbären jage? Sie lachte. »Na ja«, sagte sie, »von vielen aus. Aber wenn Sie es so genau wissen wollen: 5/14 ist ein guter Ansitz. Dorthin kommen sie gern zum *Schöpfen.*«

Nach dem Anruf schrieb ich in mein Notizbuch:

Erstens: Es gibt also einen Hochsitz mit der Bezeichnung 5/14. Keine Ahnung, wo der ist, sie wollte es mir nicht sagen. Irgendwo bei einem See oder Kanal, es muss Wasser in der Nähe sein, gut zugänglich für Waschbären, wenn sie schöpfen wollen. Denn schöpfen heißt offenbar trinken. (Warum können die Jäger eigentlich nicht wie normale Leute sprechen? Warum sagen sie Lichter *anstatt* Augen *und* Brunftkugeln *anstatt* Hoden?)

Muss rausfinden, wo 5/14 ist.
Zweitens: In welche der vom Tierschutzgesetz
aufgestellten Kategorien gehört eigentlich der
Mensch?

Ich schaute im Internet unter *Mensch* nach. Er zählt zoologisch zu den *Trockennasenaffen,* das ist eine Unterordnung der Primaten. In der biologischen Systematik werden die Trockennasenaffen in zwei Gruppen unterteilt: die *Koboldmakis* und die *Affen.* Die Affen wiederum werden unterteilt in *Neuweltaffen* und *Altweltaffen.* Der Mensch gehört zur Unterordnung der Altweltaffen und hier zur Familie der *Hominidae.* Die Familie der Hominidae umfasst

Westlicher Gorilla
Östlicher Gorilla
Sumatra-Orang-Utan
Tapanuli-Orang-Utan
Borneo-Orang-Utan
Mensch
Gemeiner Schimpanse und
Bonobo

Gemäß den Kriterien des Tierschutzgesetzes zählen alle Hominidae zu den Wildtieren. Streng genommen ist der Mensch also nicht domestizierbar und nicht geeignet, mit ihm unter einem Dach zu leben. Man kann Hominidae natürlich einsperren und sie gewaltsam zu Nutztieren machen – aber aus zoologischer Sicht werden sie stets Wildtiere bleiben. Der Mensch erfindet zwar als einziger Altweltaffe Handtuchhaken, die an der Hinterseite mit einem Klebstoff beschichtet sind, sodass man sie nicht verdübeln muss, sondern sie einfach auf die Fliesen drücken kann. Das ist eine großartige Vereinfachung unseres Alltags. Aber was sagte die Jägerin über die Waschbären? *Ein Wildtier wird immer ein Wildtier bleiben.* Auch dann, wenn es solche Handtuchhaken erfindet.

Jedenfalls war Schupp nicht von einem friedlichen Nutz- oder Heimtier zum Wildtier erklärt worden, sondern von einem Altweltaffen, der selber ein Wildtier war. Wildtier erklärt Wildtier zum Wildtier – das klang für mich wie *Jack the Ripper von Hannibal Lecter freigesprochen.* An ein Gesetz, das auf einer so wackeligen Basis beruhte, fühlte ich mich nicht gebunden. Ich erklärte Schupp offiziell zum Heimtier mit maximalem Auslauf. Den Wald vor der Hütte konnte man als sein Katzenklo betrachten und die Pergola als Futternapf. Ich konnte ihm ja aus Haselzweigen auch noch eine Beißpuppe basteln, dann besaß er ein Spielzeug, wie es sich für ein Heimtier gehört.

Kurz nach dem Telefongespräch flog einer der Kleiber gegen die Fensterscheibe. Die von meiner Freundin aufgeklebten Raubvogelsilhouetten hatten auf die Vögel leider dieselbe Wirkung wie das Schild *Bitte hier keine Fahrräder abstellen* auf die Radfahrer in Berlin-Kreuzberg.

Der Kleiber lag als kleines Federbäuschchen bäuchlings auf der alten Holzbank unter dem Fenster. Ich nahm ihn vorsichtig in beide Hände und wusste absolut nicht, was ich jetzt tun sollte. Er zitterte am ganzen Leib. Die zwei anderen Kleiber flogen aufgeregt zwischen der Steineiche und der Pergola hin und her. Erst jetzt merkte ich: Es waren ja plötzlich *drei* Kleiber! Seit ich die Vögel fütterte, waren es immer nur zwei gewesen. Dieses zitternde, bewusstlose Kleiberchen in meinen Händen war vermutlich ihr Nachwuchs. Das erklärte auch die kleinen, flauschigen Federchen, die noch in seinem Gefieder steckten. Die Eltern flogen kreuz und quer um uns herum, sie konnten überhaupt nichts für ihren Kleinen tun, aber ich leider auch nicht. Ich hielt ihn einfach weiterhin in meinen Händen.

Wie viele Hühner hatte ich in den letzten zehn Jahren gegessen? Jetzt hatte ich Zeit, es mal auszurechnen. Sicherlich ein ganzes Huhn pro Monat, zuweilen vielleicht sogar zwei. Das machte in zehn Jahren – wenn man von einem Mittelwert von anderthalb Hühnern ausging – hundertachtzig. Seit einigen Jahren waren es zwar hauptsächlich Bio-Hühner. Aber an der schieren Anzahl änderte das nichts. Hundertachtzig Hühner in zehn Jahren, ganz zu schweigen von den vielleicht fünf oder sechs ganzen Schweinen, den zwei Rindern und den etwa dreihundert Lachsen. All diese Tiere hatte ich aufgegessen. Ich hatte sie nicht selbst getötet, aber töten lassen – das kam auf dasselbe heraus. Und jetzt hielt ich eine halbe Stunde lang ein Vögelchen in den Händen, das zwanzigmal kleiner war als ein Huhn, und bangte um sein Leben. In diesem Wald ging es wirklich nicht vernünftig zu und her und schon gar nicht gerecht. So hätten es jedenfalls die Hühner, Schweine und Lachse gesehen, und sie hatten recht.

In den kommenden Tagen wurde die Situation an der Futterstelle immer unübersichtlicher. Aus den zwei Kohlmeisen waren fünf geworden. Aus den zwei Kleibern mindestens drei, vielleicht sogar vier. Der Fensterscheibenpilot hatte sich nach einer Weile zuerst aus meiner Hand freigeflattert, und nach einer Erholungspause unter dem Marmortischchen war er mit voller Energie davongeflogen. Das Amselmännchen, das den Vorbesitzer dieses Reviers vertrieben hatte, brachte nun ein Junges mit, das er mit einer mir nicht bekannten Amselin gezeugt hatte. Diese Jungamsel war bereits so groß wie er selbst, und ich sage es gleich: Sie kam mir vor wie ein verfettetes, verzogenes Vorstadtkind. Sie stand auf dem Marmortischchen mit beiden Beinen mitten im Futter, mitten in den von mir extra für die Amseln ausgelegten Rosinen. Aber das Gör fand es zu anstrengend, sich nach den direkt vor seinen Krallen liegenden Rosinen zu bücken. Er ließ sie sich lieber vom Papa in den Mund stecken.

Aber eins musste man der Jungamsel lassen: Sie ließ sich immerhin lautlos maßlos verwöhnen. Das konnte man von den jungen Kohlmeisen nicht behaupten. Obwohl sie, wie die Jungamsel, auf einem Berg von Haferflocken und Sonnenblumenkernen standen, fraßen sie nicht selbst, sondern gaben einen enervierenden Bettelruf von sich. Un. Ab. Lässig. *Gib, gib her! Gib, gib her! Gib, gib her!* Die akustische Frequenz des Bettelrufs löste in mir dieselbe helle Aufregung aus wie früher das Geschrei meiner Kinder mitten in der Nacht, als sie Babys waren. Die Natur hat diesen Ruf mit perfider Genialität so geschaffen, dass er alle Eltern, egal ob es Kohlmeiseneltern oder Homo sapiens sind, um den Verstand bringt. Ich stopfte mir Schaumgummistöpsel in die Ohren. Ich schloss tagsüber die Hüttentür. Doch das *Gibgibgib! Gibgibgib!* drang durch alle Ritzen und suchte nach meinem Vaternerv.

Die Gartengrasmücke kam nach wie vor allein: keine Frau, keine Kinder. Das Dompfaffenpaar brachte nun ebenfalls einen Jungvogel mit, der sich aber vorbildlich aufführte. Er war schon genauso phlegmatisch und schweigsam wie seine Eltern, aber er versorgte sich selbst. Solche Vögel weiß man mit der Zeit zu schätzen. Mit der Zeit ärgert man sich über junge Kohlmeisen, lobt die Selbstständigkeit junger Dompfaffen und wartet auf den Waschbären und den Igel. Waren sie da, geht man zu Bett, und morgens betrachtet man wieder voller Zufriedenheit den jungen Dompfaffen, der sein Leben schon so gut selber meistert, und ärgert sich wie schon gestern, vorgestern und die Tage davor über die ständig quengelnden jungen Kohlmeisen, die einfach nicht erwachsen werden wollen.

Ich schrieb in mein Notizbuch:

Die Sonne geht auf, die Sonne geht unter. Heute wusste ich nicht, ob Mittwoch oder Donnerstag war. Ich versuchte mich zu erinnern, ob mir das nicht letzte Woche auch schon passiert war. Es stellte sich heraus: Heute ist Freitag. Es kommt nicht mehr so sehr auf einzelne Tage an, die Zeit dehnt sich weit über das Zifferblatt hinaus schier ins Unendliche. An einzelnen Tagen geschieht fast nie etwas anderes als am Vortag oder als am nächsten Tag. Aber alle paar Tage geschieht

etwas anderes. Zum Beispiel war letzte Woche an
der Futterstelle noch alles so wie in den Wochen
zuvor. Damals kamen nur die zwei Kleiber, die
zwei Dompfaffen, die Single-Gartengrasmücke
usw., halt die übliche Belegschaft. Aber seit ein
paar Tagen ist alles anders. Mir schwirrt der
Kopf, weil jetzt so viele Jungvögel da sind. Es ist
ein wenig unübersichtlich – sagte ich das nicht
schon? Wenn mich jemand fragen würde, was in
meinem Leben in den letzten drei Tagen passiert
ist, würde ich antworten: »In den letzten drei
Tagen ist nicht viel passiert. Aber vor einer Woche
waren die Jungvögel noch nicht da, und jetzt
sind sie da. Und für mich ist das eine gewaltige
Veränderung.« Es käme einer Revolution
gleich, wenn der Waschbär sich endlich von mir
streicheln lassen würde. Mein Leben ließe sich
dann in ein Vorher und ein Nachher einteilen. In
den Zeitungen im Internet wird jetzt manchmal
die Frage gestellt, ob es wegen der Seuche ein
Vorher und ein Nachher gebe. Für die Menschheit
mag das ja so sein. Aber wenn der Waschbär sich
von mir streicheln lassen würde, wäre das für
mich persönlich ein epochaleres Ereignis als die
Seuche.

Ich saß im letzten Abendlicht vor der Hütte, und
die Bäume rauschten, und die Wildgänse oder Kra-

niche tauchten aus Südosten auf und flogen nach Nordwesten. Wären sie im Nordwesten aufgetaucht und nach Südosten geflogen, hätte mich das sehr beschäftigt. Aber sie taten's nicht. Sie flogen in dieselbe Richtung wie immer, und wie immer riefen sie *Bald da! Bald da!* Das war sehr beruhigend. Wenn es regnete, dachte ich: »Es regnet.« Wenn der Regen aufhörte, dachte ich: »Jetzt hört es auf zu regnen.« Die Geschichte *Der kleine Herr Friedemann* von Thomas Mann las ich zweimal. Weniger, weil mir die Geschichte so gefiel, sondern weil ich Lust hatte, dieselbe Geschichte direkt hintereinander zweimal zu lesen. Das war wie ein Dammbruch. Von nun an hätte ich die Erzählung im Prinzip jeden Tag einmal lesen können, und stets wäre mir irgendein kleines Detail aufgefallen, das mir bei der vorherigen Lektüre entgangen war. An irgendeinem Abend fiel mir auf, dass Schupp das rechte Vorderbein anhob, wenn er stand. Es schien, als wolle er es entlasten, weil er sich vielleicht eine Verletzung zugezogen hatte. Am nächsten Abend, als er wieder da war, fiel mir auf, dass er das rechte Vorderbein jetzt nicht mehr anhob. Wie immer, wenn er da war, versuchte ich ihn zu berühren, und wie immer zog er sich zwei, drei Schritte zurück. Es gab keinerlei Fortschritt in der Sache. Im Großen und Ganzen gab es abgesehen davon, dass jetzt Jungvögel da waren, generell keinen Fortschritt – wo hätte der auch hinführen sollen?

Kein Wesen in diesem Wald war an Fortschritten interessiert oder wollte irgendeine Neuerung einführen. Nach der sechsten oder siebten Lektüre von *Der kleine Herr Friedemann* dachte ich, dass die Geschichte genau so war, wie sie sein musste. Sie war in sich völlig stimmig.

Mir gefiel nicht, dass der räudige Fuchs in einer sehr kalten Nacht, viel zu kalt für die Jahreszeit, seine irren Augen in der Dunkelheit vor der Hütte leuchten ließ. Ich sah sie durch meine eigene Spieglung im Fenster hindurch. Ich dachte: »Ich füttere ihn nicht mehr. Er lebt vielleicht nur noch wegen mir. Heute Nacht erfriert er vielleicht, und dann hört sein Leiden endlich auf.« Aber dann dachte ich, dass ich nun mal eben Teil dieses Waldes war, genauso wie die Kälte, wie die Milben, die Eiergänge in die Fuchshaut gebohrt hatten, wie der Wind, vor dem der Fuchs sich zu schützen versuchte, indem er sich an den Stamm der Steineiche drückte. Der Wind wehte, und ich fütterte – jeder machte hier, was er machen konnte. Also brachte ich dem Fuchs Fischstäbchen, etwas anderes hatte ich nicht mehr. Am nächsten Morgen war der Teller leer, und ich wusch ihn sehr gründlich ab, und danach setzte ich mich vor die Hütte und schaute der Maus zu, die unter dem Marmortischchen an einer Haferflocke knabberte, während über ihr die Kleiber wie lebende Geschosse herumzischten. Das hätte ewig so weitergehen können. Nein, nicht ewig. Irgendwann wären wir der Reihe nach gestorben. Zuerst vermutlich die alten Kohlmeisen und Kleiber und Dompfaffen, dann die Jungen, wenn sie alt wurden, dann Schupp, der Waschbär, dann der Igel, oder vielleicht der Igel vor Schupp, dann ich, ganz bestimmt jedenfalls zuletzt mit großem Abstand zu uns anderen die Steineiche. Auch wenn im Großen und Ganzen nichts geschah und sich alles nur wiederholte, gab es doch so etwas wie einen Zeitpfeil, der der Wiederholung ein Ende setzte: den Tod. Das war, fand ich, ein tröstlicher Gedanke.

Die Sonne ging auf, und die Sonne ging unter, sie kreiste um die Erde. Ja, so war es, sie kreiste, und der Wald stand still. An irgendeinem der Tage trat ich bei einer Wanderung aus dem Wald auf eine Lichtung, auf ein Feld mit Maispflanzen, und in diesem Moment flappte etwas Großes und Schweres durch das Maisfeld, es klang wie wenn feuchte Lappen gegen eine Hauswand geschlagen werden. Es war ein großes Tier, fast so groß wie ein Pony oder junges Pferd, größer als eine Kuh, aber schmaler und beweglicher. Es floh vor mir und behielt mich dabei mit seinen runden, dunklen Augen, die hervorstanden und nach hinten blicken konnten, immer im Blick. Es floh nicht weit, nur einige Meter, dann drehte es sich im

84

Schutz der Maispflanzen nach mir um. Ich sah seine Ohren über den Pflanzenspitzen. Es war ganz still. Hinter dem Maisfeld erstreckte sich das Land bis zu den Wolken. In diesem Moment, als ich den Atem anhielt und mit diesem großen Tier allein war, wurde ich in diesen Wald aufgenommen wie andere in den Golfklub. Ich war jetzt Mitglied.

Vielleicht an einem Dienstag, vielleicht an einem Mittwoch saß ich vor der Hütte und fragte mich, warum ich mich hier nicht langweilte, obwohl doch nur alle Tage einmal etwas geschah und selbst dann nicht immer etwas, das man unter anderen Umständen als *Ereignis* bezeichnet hätte.

Die Kraniche kamen von Südosten und flogen nach Nordwesten. Ich hatte im Internet nach dem Ruf von großen Vögeln gesucht, der sich wie *Bald da! Bald da!* anhörte. Der Ruf der Kraniche passte. Es waren also Kraniche. Der Igel und Schupp waren Freunde geworden, so schien mir. Oder sagen wir, Schupps Interesse an Mehlwürmern erlahmte. Seit einigen Tagen schaffte er es, sie dem Igel zu gönnen. Seither herrschte Fressfrieden. Schupp tauchte immer als Erster unter der Pergola auf, neuerdings leider oft erst spät, nach Mitternacht. Der Igelhüne erschien immer kurz nach Schupp, egal ob Schupp um zwölf Uhr oder erst um zwei Uhr kam.

So vergingen die Tage, die Abende, die Nächte. Ich war mit dem wenigen, was geschah, völlig zufrieden. Es geschah ja immer etwas, nur eben wenig, mehr hätte ich gar nicht gewollt.

FÜNFTER TEIL

Eines Abends hörte ich einen Schuss. Das Geräusch
war absolut eindeutig, obwohl es tief aus dem Wald
kam, aus großer Entfernung. Ich habe Militärdienst
geleistet, von daher weiß ich, wie ein Schuss klingt:
Es ist ein endgültiges, herrisches Geräusch.

Hochsitz 5/14 kam mir in den Sinn.

Schupp war nicht hier. Im Zusammenhang mit
dem Schuss beunruhigte mich das. Mich hielt
nichts mehr im Korbstuhl vor der Hütte. Ich zog
mich warm an, packte in den Rucksack meinen
Regenschutz, mein norwegisches Messer mit dem
schönen Holzgriff, ein hart gekochtes Ei und Salzmandeln als Proviant und eine kleine Flasche
Wasser. Ich hängte mir das Fernglas um den Hals
und steckte die Taschenlampe in die Seitentasche
meiner Jacke. Es war kurz nach Sonnenuntergang,
das Restlicht des Tages würde noch für maximal
eine Stunde reichen. Für die Waschbärenjagd war
es möglicherweise noch zu früh, aber ich kannte
mich zu wenig damit aus, als dass es mich beruhigt
hätte.

Ich glaubte, die ungefähre Richtung, aus der der Schuss gefallen war, zu kennen, vielleicht war das aber eine Täuschung. Vielleicht trug der Wind den Schall seitlich weg? Auch darüber wusste ich zu wenig Bescheid. Ich machte mich auf den Weg Richtung Osten. Dort lagen zwei kleinere Seen, gut möglich, dass tatsächlich dort geschossen worden war, an einer Tränke der Waschbären. Davon hatte die Jägerin ja gesprochen, vom *Schöpfen*. Allerdings gab es hier in jeder Himmelsrichtung mehr als einen See.

Ich machte mir Vorwürfe. Längst schon hätte ich nach diesem Hochsitz 5/14 suchen müssen. Es war im Grunde merkwürdig, dass ich es versäumt hatte. Nein, so merkwürdig auch wieder nicht, denn angenommen, ich fand den Hochsitz – was sollte ich dann tun? Ihn abfackeln? Und dabei einen Waldbrand entfachen? Seine Stützpfosten durchsägen? Es gab in diesem Wald Dutzende von Hochsitzen, sollte ich jeden sabotieren, um einen einzigen Waschbären zu retten? Gegen die Jagd an sich hatte ich überhaupt nichts. Ich verstand jeden, der davon fasziniert war. Ich hatte nicht einmal etwas gegen Jäger, die zur Bequemlichkeit neigten und einfach auf einem Hochsitz mit der Stulle in der Hand auf das Wild warteten. Wie jedem Heimtierbesitzer ging es mir nur um das Wohl meines ... Lieblings – auch wenn ich mich an das Wort *Liebling* im Zusammenhang mit Schupp erst noch gewöhnen musste. Ich wollte jetzt wissen, wo sich dieser Hochsitz befand, egal ob es etwas brachte. Es war unvernünftig, aber wie ich schon sagte: In diesem Wald herrschte nicht die Vernunft.

Um die Richtung nicht zu verlieren, folgte ich nicht den Pfaden, sondern zwängte mich durchs Unterholz. Das war beschwerlich und machte eine Menge Lärm, sodass ich begleitet wurde von den Warnrufen der Buntspechte oder Eichelhäher. Ab und zu hörte ich das Knacken von Ästen, so als hätte ich ein Reh oder ein anderes größeres Tier aufgescheucht. Es war schon zu dunkel, um zu sehen, was da vor sich ging. Ich kletterte über zwei nebeneinanderliegende, in einem Sturm umgestürzte Buchen. Die eine hatte ihr gesamtes Wurzelwerk – und es war wirklich ein *Werk,* für dessen Herstellung sie bestimmt Jahre benötigt hatte – mit aus der Erde gerissen. Es ragte im Schein der Taschenlampe als erdverkrustete Scheibe aus dem Boden, die mir bis zur Stirn reichte.

Meine Suche nach 5/14 kam mir, je länger ich unterwegs war, immer sonderbarer vor. Vielleicht stand Schupp, während ich ziellos im nächtlichen Wald herumstolperte, *alive and kicking* vor der Hütte und kratzte an der Hüttentür. Der Igelhüne wartete wahrscheinlich in den Funkien, mit der meine Freundin die Schattenseite der Pergola bepflanzt hatte, auf mein Erscheinen und träumte schon von den Mehlwürmern. Ich wurde bei der Hütte gebraucht und nicht hier im Wald. Also was machte ich hier? Aber der Schuss hatte etwas in mir ausgelöst, etwas in Gang gesetzt, etwas, das meine Beine wie von selbst in Bewegung hielt. Ich hatte das Gefühl, mich erst wieder ruhig hinsetzen zu können, wenn ich wusste, wo sich dieser Hochsitz befand.

Da ich in den vergangenen Wochen zu Fuß und mit dem Rad viele Stunden in diesem Wald verbracht hatte, im Ganzen gesehen sogar Tage, erkannte ich auch jetzt im Dunkeln, nur im Schein der Taschenlampe eine Stelle wieder, die mit hüfthohem Gras bewachsen war. Ich nannte sie für mich *Hauptstadt der Zecken.* Dahinter lag ein kleiner See. Es gab nur zwei Zugänge zum Wasser, und sie eigneten sich, wenn man im Körper eines Waschbären steckte, nicht zum Trinken, weil es zu steil runterging. Man kam mit der Schnauze nicht bis zum Wasser. Die meisten Seen dieser Gegend waren recht unzugänglich, die Ufer dicht mit Schilf bewachsen, das Vorfeld der Ufer verholzt und strauchig. Die wenigen offenen Uferstellen waren oft abschüssig. Flüsse oder Bäche gab es nicht. Wäre ich ein Waschbär gewesen, hätte ich also zum *Schöpfen* eine morastige Stelle an einem Waldrand bevorzugt. Das Wasser war dort zwar sicherlich nicht so kühl und frisch wie das der Seen, aber man kam viel besser ran und musste sich beim Trinken nicht verrenken. (Seit ich einmal in dem Wald einen Fuchs dabei beobachtet hatte, wie er in der unbewachsenen Reifenspur eines Forstweges lief und dieser Spur sogar um eine enge Kurve herum folgte, war ich sicher, dass auch Tiere es gern bequem mögen.)

Ich wusste, ganz in der Nähe gab es eine Stelle, die fürs bequeme Trinken infrage kam: ein ausgetrockneter Teich. In seiner schwarzen Erde stand da und dort noch Wasser, zwischen dem Sumpfgras, mit dem er bewachsen war. Die Stelle war mir während einer Wanderung aufgefallen wegen der hölzernen Boje, die im Gras lag, ein Stück Seil hing noch daran. Früher waren hier also Boote festgebunden worden. Und hundert Schritte von diesem ehemaligen Teich entfernt, versteckt im Wald, gab es einen Hochsitz. Ich war damals – vor fünf oder sechs Wochen – sogar raufgeklettert, um einen Regenschauer auszusitzen.

Dass ich diesen Hochsitz in der Dunkelheit fand, war keine Navigationsleistung. Ich musste dazu nur dem Forstpfad folgen, demselben wie damals. Am Stamm einer fetten Buche sah ich im Lichtkegel der Taschenlampe die Zahlen 5/14 aufgesprayt. Und neben 5/14 wies ein Pfeil in die Richtung des Hochsitzes. Ich hatte ihn also gefunden. Und was nun?

Es begann zu regnen. Ich kletterte wie damals auf den Hochsitz, um trocken zu bleiben. Das Sitzbrett des Hochsitzes lag quer auf den Streben: Es hatte also jemand hier gesessen, seit ich zum letzten Mal hier gewesen war. Damals hatte das Brett vertikal an der Seitenwand gelehnt, ich hatte es zum Sitzen auf die Seitenstreben legen müssen, und danach hatte ich es wieder so hingelehnt, wie ich es vorgefunden hatte. War der Schuss von hier aus abgegeben worden? Dass eine deutsche Jägerin nach dem Schuss eine Patronenhülse im Wald liegen ließ, konnte ich mir so wenig vorstellen wie einen Kleiber, der ganz, ganz langsam den Kopf zur Seite dreht. Ich suchte also gar nicht erst nach einer Hülse. Hier gab es nichts mehr zu tun. Aber ich kannte jetzt den Standort von 5/14. Das gab mir ein gutes Gefühl, obwohl es dafür eigentlich keinen Grund gab.

Am nächsten Tag erlebte ich einen paradiesischen Moment. Ich legte Futter auf dem Marmortischchen aus, als eine der jungen nervigen Kohlmeisen sich keine Armlänge von mir entfernt auf das Gestänge der Pergola setzte. Von so Nahem betrachtet sah man, dass sie Kinder waren, denn ihr Gefieder sah frisch gewaschen und flauschig aus wie ein soeben gebadeter Fünfjähriger in einem Pyjama. Das Vögelchen zeigte überhaupt keine Scheu vor mir, ebenso wenig die drei jungen Mäuse, die am Boden vorbeiwieselten, um die Futterbrocken aufzusammeln, die vom Tisch fielen. Gleichzeitig schwirrte Mücke an mir vorbei. Sein Ziel war das baumelnde Futterhäuschen, aber da ich keine dreißig Zentimeter davon entfernt stand, konnte er sich dann doch nicht dazu entschließen, dort zu landen. Ich wurde umschwirrt von einer zierlichen Mönchsgrasmücke, stand mit den Füßen mitten in einem Geschwisterhaufen von Mäusen und direkt vor mir schaute mich eine junge Kohlmeise mit schwarzen Augen an – für mich war das ein paradiesischer Moment. Ein Moment, in dem Tiere und ein Mensch für ein paar Sekunden eine friedliche Gemeinschaft der Lebenden bildeten, eingehüllt in den Duft der Rosen.

Als die bürgerliche Dämmerung anbrach und die Amsel wie immer als Letzte den Futterplatz verlassen hatte, legte ich in Hälften zerbrochene Meisenknödel für Schupp auf die Steinplatten unter der Pergola. In einiger Entfernung davon häufte ich ein Mehlwürmerdepot für den Igelhünen an. Für die Jungmäuse streute ich Haferflocken und Sonnenblumenkerne in die Funkien. Danach brach ich mit Rucksack und Taschenlampe in den Wald auf, zum Hochsitz 5/14. Es war schon dunkel, als ich dort ankam. Ich wusste nicht, wann Jäger jagen. Aber ich hatte die Worte der Jägerin im Ohr *5/14 ist ein guter Ansitz. Dorthin kommen sie gern zum Schöpfen.* Damit konnte ja nur die Nacht gemeint sein, denn Waschbären waren nachtaktiv. Der Schuss war nach Sonnenuntergang gefallen.

Ich setzte mich in der Nähe des Hochsitzes auf den mit schönem Moos aus dem Märchenbuch bewachsenen Waldboden und aß aus meinem Rucksackproviant zwei hart gekochte Eier mit Salzmandeln. Dazu trank ich Pils aus der Flasche: Diese Kombination ist eine Delikatesse, man kann das nicht oft genug sagen. Ich wartete bis nach Mitternacht, der Mond wanderte durch die Wipfel der Kiefern. Einmal glaubte ich, Schritte zu hören. Für einen Menschen klangen sie zu leichtfüßig – vielleicht ein Dachs? Ich wusste allerdings nicht, wie die Schritte eines Dachses klangen.

Um zwei Uhr wurde ich müde und kehrte zur Hütte zurück. Jemand hatte den Plastikeimer mit den Gartenwerkzeugen umgestürzt. Jemand? Ein Marder vielleicht? Natürlich nicht. Außer Schupp kam hier keiner infrage. Der Igelhüne warf nie etwas um. Man hätte ihn auf einen mit *Fine-Bone-China*-Teetässchen gedeckten kleinen runden Tisch setzen können, es wäre alles heil geblieben. Schupp hingegen hätte mit seiner Schnauze nicht nur die Tässchen vom Tisch geschoben, sondern auch die Teedose hochgehoben und den Inhalt über die alten Damen verschüttet, die sich auf einen gemütlichen Nachmittag mit Tee und Schwarzwälder Torte gefreut hatten.

Der nächste Tag war windig und nass, am liebsten hätte ich ihn in der Hütte auf dem Sofa verbracht. Ich hatte im Bücherregal Franz Werfels *Eine blassblaue Frauenschrift* entdeckt und fand die Erzählung wohltuend. So still, so ruhig. Aber dennoch bewegt, so als wäre Franz Werfel das Pseudonym eines Waldes, dessen Baumwipfel sich leicht im Wind bewegten. Dieses Waldes hier zum Beispiel. Vielleicht hatte dieser Wald diese Erzählung geschrieben. Aber leider konnte ich mich auf den ruhigen Fluss der Erzählung gar nicht einlassen. Sosehr ich es mir wünschte, ich konnte heute nicht drinbleiben und lesen. Aber der Schuss steckte mir noch in den Knochen. Er hatte etwas vorher Ganzes in der Mitte entzweigebrochen, und nun befand ich mich im Spalt zwischen den Hälften und konnte sie nicht mehr zusammenbringen. Ich lag auf dem Sofa, und anstatt zu lesen, dachte ich *Vielleicht jagt sie heute tagsüber.* War heute Samstag? Ich schaute im Kalender nach: ein Samstag. Am Samstag jagte die Revierpächterin vielleicht tagsüber, weil sie am Wochenende für so was Zeit hatte. Und Schupp schlief vielleicht nicht am Stück den ganzen Tag lang, sondern er stand, wie ein alter Herr, zwischendurch mal auf, um zur Toilette zu gehen, und bei dieser Gelegenheit schöpfte er auch gleich noch ein paar Schlucke am morastigen ehemaligen Teich beim Hochsitz 5/14. Ich hätte es mir nicht verziehen, wenn Schupp, nur weil ich lieber lesen wollte, am helllichten Tag erschossen worden wäre.

Also brach ich gegen ein Uhr mittags auf und kam nach einer Stunde Weg beim Hochsitz an. Die Jägerin war nicht da. Ich wusste nicht, ob ich darüber froh war oder nicht. Nun setzte ich mich auf den märchenhaften Waldboden, auf dieselbe Stelle wie gestern Nacht, da sie ein wenig versteckt lag, ich aber von hier aus den Hochsitz im Auge behalten konnte. Ich schälte ein hart gekochtes Ei und aß es mit Salzmandeln. Jedoch musste ich wegen der frühen Stunde auf einen Schluck Pils dazu verzichten.

Ich schrieb in mein Notizbuch:

In diesem Wald ist vor Kurzem geschossen worden, das steht fest. Als Schütze kommt die Revierpächterin infrage. Sie wird wieder schießen, und bestimmt nicht erst in einem Jahr. Sondern vielleicht heute, morgen, in einer Woche oder in zwei. Ich werde also die nächsten zwei Wochen lang zweimal am Tag hierherkommen, einmal frühmorgens und einmal nachts. Das sind vier Stunden Bewegung, das ist gut für die

*Beinmuskeln. Vor allem, wenn man nicht mehr
der Jüngste ist, wie die Ärzte das so schön nennen,
wenn sie einem eine Koloskopie aufschwatzen
wollen.*

Früher hatte ich gern zusammen mit den Vögeln ge-
frühstückt und zu Mittag gegessen, ich am Gartentisch, sie in der Pergola. Beim Essen hatte ich ihnen
dabei zugeschaut, wie sie aßen. Es war – analog zu
einem *TV-Dinner* – ein *Birdwatching-Lunch* gewesen.
Aber seit dem Schuss fehlte mir die nötige Ruhe,
um Vögel zu betrachten. Die eigentlich wundervolle
Lebendigkeit der Pergola, in der nun so viele Jungvögel herumflatterten, erfreute mich nicht mehr, sie
machte mich nur nervös. Vögeln beim Fressen zu-
zusehen hatte für mich normalerweise etwas Hyp-
notisches, ähnlich wie der Blick in die Flammen
eines Lagerfeuers. Aber wenn der Wind ins Feuer
bläst und es unruhig macht, verliert sich der hyp-
notische Sog, und bei den Vögeln erging es mir jetzt
ebenso, seit es so viele geworden waren und ich
sie kaum noch auseinanderhalten konnte. Außerdem zog das Futter jetzt auch Vögel an, die ich hier
noch nie gesehen hatte. Meine *Zwitschomat*-Bestim-
mungs-App identifizierte sie als Buchfink, Kernbei-
ßer und Goldammer. Aus irgendeinem Grund wurde
ich mit ihnen nicht warm. Ich empfand sie als sonderbare Vögel. Sie waren in meinen Augen behäbig

wie die Dompfaffen, aber noch viel zurückhaltender als diese. Jedenfalls hielten sie sich gern abseits, sie kochten ihr Süppchen allein, ich weiß nicht, sie blieben mir einfach irgendwie fremd. Zwischendurch flog ein Buntspecht ein, der extrem scheu war. Viele Tage hatte er benötigt, um sich an die für ihn ungewohnte Bodennähe, in der sich das Futter befand, zu gewöhnen. Für ihn war es wohl, als müssten wir zum Essen auf den Grund eines Sees tauchen. Die anderen Vögel konnten auf zwei Beinen stehen, er nicht. Er konnte nur fliegen und klettern. Doch selbst dieser schöne und ein wenig geheimnisvolle Vogel erreichte mich innerlich nicht mehr. Ich wollte immer nur aufbrechen.

Schon um halb zehn Uhr machte ich mich, neuerdings mit dem Rad, auf den Weg zu 5/14, um dort die erste Tagesinspektion durchzuführen. Meinen Vorsatz, in der Morgendämmerung hinzufahren, gab ich auf, weil ich ja jeweils in der Nacht zuvor schon bis zwei Uhr dort gewesen war – ein bisschen Schlaf brauchte ich doch! Ich fuhr über federndes Moos, knackende Äste, durch schlammige Kuhlen und tiefe Sandrinnen, bis ich absteigen und stoßen musste. Wenn ich in der Nähe des Hochsitzes ankam, verhielt ich mich so leise wie möglich. Denn falls die Jägerin auftauchte, hätte ich sie gern eine Weile beobachtet, bevor ich mich ihr zeigte. Ich hätte gern gesehen, wie sie sich auf dem Hochsitz verhielt, ob sie ihr Gewehr stets im Anschlag behielt oder es erst in die Hand nahm, wenn sie ein Tier sichtete. Ich hätte gern gewusst, ob sie auf dem Hochsitz ein belegtes Brot aß oder Tee oder Kaffee aus der Thermoskanne trank und ob sie vielleicht sogar Musik über Kopfhörer hörte, während sie mit dem Fernglas den ausgetrockneten Teich nach Waschbären absuchte.

Sieben Tage lang fuhr ich am späten Vormittag hin, und nachts legte ich den Weg noch einmal zu Fuß zurück. Aber sie war nie dort. Ich fand auch keine Hinweise darauf, dass sie frühmorgens hier gewesen war, wenn ich noch schlief. Jeden Tag schaute ich mir den Boden rund um den Hochsitz sehr genau an und strich ihn mit einem Kiefernzweig glatt, damit ich eine neu hinzugekommene Fußspur besser erkannte.

Doch ich entdeckte nie eine Fußspur. In den relativ wenigen Stunden, die ich noch in der Hütte verbrachte, las ich im Buch *Geschichte Brandenburgs* oder irgendwas Klassisches, etwa *Das Erdbeben in Chili* von Kleist. Ich schaute im Internet nach, ob die Infektionszahlen in Amerika und Brasilien immer noch stiegen, und sie taten es. Kurz vor Sonnenuntergang brach ich jeweils zu meiner zweiten Inspektion auf.

Da ich nun in der Zeit, in der Schupp mich auf seinen nächtlichen Streifzügen besuchte, entweder auf dem Weg zum Hochsitz war oder dort in meiner Wartestellung verharrte, sah ich ihn eigentlich nicht mehr. Kehrte ich gegen zwei Uhr morgens zur Hütte zurück, war er schon wieder weitergezogen. Es war ein bisschen wie in der Ehe eines Bäckers und einer Opernsängerin. Wenn sie nach der Aufführung nach Hause kommt, schläft er schon, und wenn er aus der Backstube heimkehrt, ist sie schon bei der Probe. Der Igelhüne hingegen war fast immer noch da, wenn ich nachts heimkam. Er wartete geduldig auf mich und kroch dann aus den Funkien hervor, im Sinne eines *Hier bin ich! Gesund und hungrig!*

Eines Morgens kochte ich als Proviant für meine nächsten Inspektionen des Hochsitzes vier Eier, und dabei kam mir eine Idee. Zu der Idee gehörte es, die Eier sehr vorsichtig zu schälen, damit möglichst große Stücke der Schale heil blieben. Mit diesen Schalen im Rucksack brach ich zu 5/14 auf. Auf dem Weg kam ich wie immer an der *Hauptstadt der Zecken* vorbei. Es flog ein Schwarm Fliegen aus dem hohen Gras auf. Es gab in der Gegend nicht besonders viele Fliegen, und wenn sie alle hier zusammenkamen, musste dort irgendetwas los sein.

Leider war es so. Im Gras lag der räudige Fuchs. In einer friedlichen Stellung lag er da, die Beine leicht angewinkelt. Es sah nicht aus, als sei er in qualvollem Todeskampf gestorben. Womöglich war er einfach vor Erschöpfung eingeschlafen und nicht wieder erwacht. Ich wusste nicht, ob es *der* Fuchs war. Vielleicht verloren alle räudigen Füchse ihr Fell bis zur Körpermitte. Aber eigentlich war ich sicher: Es war der Fuchs, dem ich mit Steidlöl beträufelten Kochschinken hingelegt hatte. Es behagte mir nicht, ihn den Fliegen zu überlassen, die sich trotz meiner Anwesenheit schon wieder über ihn hermachten. Fürs Begraben fehlte mir das Werkzeug, doch selbst wenn ich eine Schaufel gehabt hätte, wäre es mir übertrieben vorgekommen, für ihn eine Grube auszuheben. Ich fand es aber angemessen, Fallholz zu sammeln, das hier in großen Mengen herumlag. Damit bedeckte ich ihn, bis er unter einem kleinen Holzhügel ruhte. Nun gut, ich legte noch die gelbe Blüte einer Waldblume darauf.

Danach fuhr ich weiter zum Hochsitz. Ich versteckte die Eierschalen unter der ersten Leiterstufe des Hochsitzes unter Reisig und Splitterholz. Das war der Trick. Dank der Eierschalen konnte ich herausfinden, ob die Jägerin diesen Hochsitz *überhaupt* benutzte oder ob sie *5/14 ist ein guter Hochsitz* eventuell einfach nur so dahergesagt hatte. Wenn ich nach einigen Tagen sah, dass die Schalen heil geblieben waren, konnte ich mir die häufigen Kontrollgänge ersparen und mir irgendeine neue Taktik ausdenken, um Schupp zu retten.

Am nächsten Abend flogen die Kraniche von Südosten nach Nordwesten. *Bald da! Bald da!* Danach fiel starker Regen. Ich machte mich trotzdem schon kurz nach Sonnenuntergang erneut nach 5/14 auf. Ich hatte eigentlich vorgehabt, drei Tage lang nicht zum Hochsitz zu gehen und erst dann den Zustand der Eierschalen zu überprüfen. Aber bereits nach einem Tag des Wartens war ich einfach zu neugierig. Es regnete noch immer, als ich bei 5/14 ankam. Im Schein der Taschenlampe überprüfte ich die Eierschalen unter dem Reisig. Sie waren unversehrt.

Als ich zur Hütte zurückkehrte, lag ein totes Mäuschen unter dem Marmortischchen, eins von den jungen. Ihm fehlte der Kopf. Vielleicht hatte Schupp die Maus getötet, denn zweifellos war er hier gewesen, die Meisenknödel waren weg. Aber warum hatte er nur den Kopf gefressen? Das passte nicht zu ihm: Er hätte bestimmt die ganze Maus vertilgt. Der Anblick des kopflosen Mäuschens machte mir zu schaffen. Manchmal widerte die Natur mich an.

Am nächsten Morgen brach ich schon um sieben Uhr, nach nur vier Stunden Schlaf, zu 5/14 auf. Ich beschloss, mein Frühstück dort zu essen, an meinem bemoosten Beobachtungsplatz in der Nähe des Hochsitzes. Bei meiner Ankunft spürte ich mein Herz schlagen vor Aufregung. Da lagen die zertretenen Eierschalen! Sie waren nicht zu übersehen! Die Jägerin war gestern Nacht oder heute früh hier gewesen! Ich konnte es kaum glauben. Aber die klein getretenen Schalen waren der Beweis. Sie war hier gewesen und in meine Falle getappt. Sie benutzte diesen Hochsitz tatsächlich, daran gab es jetzt keinen Zweifel mehr. Vielleicht hatte sie noch mehr Spuren hinterlassen. Ich stieg auf den Hochsitz, um nachzusehen. Das Sitzbrett lehnte senkrecht an einer Seitenwand, so, wie ich es zuletzt hingestellt hatte, vor vielen Tagen. Sie hatte sich entweder nicht hingesetzt oder es hinterher wieder ordentlich in die Vertikale gestellt, wie es vielleicht irgendein Jagdgesetz verlangte. Geschossen hatte sie nicht, das hätte ich ja gehört. Aber sie hatte hier gesessen oder gestanden, hier, an derselben Stelle wie ich, drei Meter über dem Boden, mit Blick auf das hohe, breitblättrige Gras, das im ausgetrockneten Teich wuchs. Man sah von hier aus auch die hölzerne Boje im Gras. Ich schloss die Augen und stellte mir vor, wie sie hier stand.

Ich schrieb in mein Notizbuch:

*Heute ist Dienstag, Zeit: 8.15 Uhr. Am nächsten
Montag werde ich um zehn Uhr abends
herkommen, denn gestern war ich um diese Zeit
hier, und sie war nicht da. Möglicherweise kommt
sie am Montagabend jeweils nach 22.00 Uhr.
Also werde ich am nächsten Montag hier warten
und übernachten, falls sie am Dienstag sehr
früh kommt, vor 8.15 Uhr. Vielleicht hat sie eine
Routine, und vielleicht bin ich dieser Routine
gerade auf der Spur. Endlich etwas Konkretes!*

Doch dann die Enttäuschung!

Als ich mir die Stelle um die Leiter herum genauer
ansah, entdeckte ich *überall* kleine Stücke von Eierschalen. Sie lagen weit verstreut herum, im Umkreis
von gut zwei Metern. Das sah nicht nach einer Jägerin aus, die beim Hochsteigen der ersten Leiterstufe
auf Eierschalen getreten war: Sie hätte das gar nicht
bemerkt, denn die Schalen waren ja versteckt unter
Reisig und Splitterholz. Und selbst wenn sie es bemerkt hätte: Weshalb hätte sie sich die Mühe machen
sollen, sie in so weitem Umkreis zu verstreuen? Nein,
das sah nach einem Tier aus. Ein Tier, das die Schalen gerochen und sehr genau untersucht hatte, in der
Hoffnung, vielleicht auch noch ein heiles, saftiges

Ei zu finden. Es hatte gescharrt und dabei die Schalen in der Gegend verteilt. Ein Marder, ein Iltis, ein Waschbär, vielleicht sogar Schupp höchstpersönlich: Danach sah es hier aus. Nicht nach der Jägerin. Als mir vor Enttäuschung darüber die Tränen hochstiegen, wusste ich, es war Zeit.

Du brauchst eine Pause vom Wald.

Du musst gehen.

Du musst nach Hause zurück.

Nach Hause in die Stadt.

Auf dem Rückweg zur Hütte fiel mir ein, dass ich heute Morgen vergessen hatte, für die Vögel Futter hinzulegen. So eilig hatte ich es gehabt, zum Hochsitz aufzubrechen. Das war ein weiteres Zeichen.

Du musst Abschied nehmen.

Der Buntspecht klebte am Stamm der Steineiche, als ich zurückkam. Er tat so, als würde er unter der Borke nach Insekten suchen. Aber ich war sicher, er wartete auf mich, auf die verrückte Kuh, die Futter verschenkte. Die Blätter der Pergola raschelten vor Kohlmeisen, die ebenfalls auf ihr täglich Brot warteten. Mücke wippte auf einem dünnen Ast der Glyzinie. Die Kleiber zischten ungeduldig am Rosenstrauch vorbei. Einer der Dompfaffen saß ruhig auf der Rinne des Futterhäuschens, dessen Futtersäule leer war. Das Häuschen baumelte ein wenig hin und her, weil es ohne Futter so leicht war. Der Igelhüne schlief wahrscheinlich irgendwo im Gestrüpp hinter der Hütte und Schupp in einer hohlen Eiche, und das war gut so. Mir fiel es leichter, zu gehen, wenn die beiden nicht hier waren. Im Nu waren meine Sachen gepackt. Die Reisetasche füllte sich von selbst.

Danach schüttete ich die gesamten Vorräte an Vogelfutter auf das Marmortischchen, füllte das Futterhäuschen bis zum Anschlag, goss so viel frisches Wasser ins Vogelbad, dass es überlief. Ich errichtete unter dem alten Korbstuhl, der als Regenschutz dienen sollte, einen Berg von Mehlwürmern für den Igelhünen. Unweit davon, am einen Ende des Gartentisches, häufte ich Meisenknödel auf für den Waschbären. Die Metallspiralen füllte ich je mit drei Meisenknödeln für den Buntspecht und die Meisen. Für die Mäuse streute ich fingerdick Haferflocken in die Funkien.

Ich schloss die Hüttentür zweimal ab, wickelte den Schlüssel in einer kleinen Plastiktüte zu einem Röllchen, das ich unter den italienischen, mit einem tönernen Salamander verzierten Blumentopf legte.

Und nun verließ ich diesen Ort, den ich liebte.

Auf dem schmalen Weg, der von der Hütte wegführte und auf dem Sand und Kiefernnadeln lagen, ging ich zuerst langsam und dann immer schneller. Denn wenn ich nicht sehr schnell gegangen wäre, hätte ich es nicht geschafft, von hier wegzukommen.

Und ich schwöre, als ich zu dem hölzernen Wegweiser im Wald kam, der die Kilometerzahl bis zum Bahnhof anzeigte, sah ich am Ende eines Waldpfades, der in die entgegengesetzte Richtung führte, ein Reh stehen. Ich wusste nicht, ob es das rosenknospenfressende Reh war, das später zwei Kitze bekommen hatte. Ich konnte seinen Blick nicht sehen, dazu war es zu weit entfernt. Aber es stand mitten auf dem Pfad und schaute in meine Richtung. Ich ging weiter, und als ich mich nach ein paar Schritten umdrehte, stand es immer noch dort und schaute zu mir hinüber. Und ich sagte

Ich komme wieder.

Das Buch

Ein Stadtmensch zieht sich in eine Hütte zurück, irgendwo im Ruppiner Wald. Die Gegend ist so verlassen, dass seine Freundin behauptet, die Waldtiere wüssten nicht, was Menschen sind, und würden meinen, es handele sich um verrückte Kühe.

Doch auch der Stadtmensch muss sich eingestehen, dass er nicht besser Bescheid weiß als die Tiere: Vögel beispielsweise sehen für ihn alle gleich aus. Da er sonst nichts zu tun hat, beginnt er mit einer Vogelbestimmungs-App und Vogelfutter sich der Angelegenheit zu nähern. Und tatsächlich, sie kommen alle angeschwirrt: Kohlmeisen, Kleiber, Dompfaffen – wie er nun lernt. Und sie unterscheiden sich charakterlich stark: Die Mönchsgrasmücke benimmt sich draufgängerisch wie Tom Cruise, während die Kleiber so überdreht wie Kokainisten wirken.

Überhaupt: von wegen nicht viel los im Wald. Jede Nacht tauchen ein mit allen Wassern gewaschener Waschbär, ein Igel-Hüne und ein Fuchs auf, der ein echtes Problem hat.

Je länger der Autor die Tiere beobachtet und das wilde Fremde wie das nahe Vertraute in ihnen erkennt, desto stärker verändert sich seine ganze Wahrnehmung, sein Gefühl für Zeit, ja sogar das für Geborgenheit.

Der Autor

H.D. Walden ist das Alter Ego von Linus Reichlin, der von Natur keine Ahnung hatte. Nach monatelangem Aufenthalt in einer Hütte im Ruppiner Wald- und Seengebiet war es unvermeidlich, dass er lernte, einen Kleiber von einem Dompfaffen und einen Waschbären von einem Marder zu unterscheiden. Zu einem der genannten Tiere entwickelte sich sogar eine Freundschaft, die noch intensiver wäre, wenn dieses Tier Walden nicht dauernd austricksen würde.

Die Illustratorin *Elisa Rodriguez Scasso,* Jahrgang 1999, hat bereits mit 15 Jahren in Buenos Aires ihre erste Ausstellung mit Tierportraits gemacht. Sie geht im Unterschied zum Autor schon immer gerne in den Wald, um Tiere zu beobachten